ことばで織られた都市

近代の詩と詩人たち

君野隆久

三元社

目次

ことばで織られた都市

Ⅰ　コロイド空間の行方　宮澤賢治『春と修羅』瞥見　5

Ⅱ　破棄された救済　宮澤賢治「セロ弾きのゴーシュ」試論　45

Ⅲ　山路と夕映　讃美歌の日本的選択をめぐる覚え書　73

Ⅳ　ことばで織られた都市　99

ことばで織られた都市　100
水路の詩学・断章　116
冬の谷中で――諏訪優　133
ポール・ヴァレリー／中井久夫訳『若きパルク／魅惑』　138
人を待つ家／詩――立原道造「ヒアシンスハウス」　156

正岡子規「韻さぐり」 172

V 危機の詩学

九鬼周造「日本詩の押韻」覚え書 185

付録 九鬼周造「日本語の押韻」引用作品・作者一覧 223

あとがき 234

Ⅰ

コロイド空間の行方

宮澤賢治『春と修羅』瞥見

1　はじめに

宮澤賢治の『春と修羅』について語ろうとするとき、「序」や、作品冒頭に置かれた「屈折率」に言及することからはじめる論者が多いのではないだろうか。

だが「序」や、あるいは（mental sketch modified）の但し書きのついた「春と修羅」からはじめると、「心象スケッチ」とは何かというめんどうな議論にたちまち巻きこまれないではすまないし、謎めいた短詩「屈折率」も、その短詩ゆえの難解さがまず読み手の解釈を挑発してくるところがあって、好きになりきれない。

ここでは、（一九二二、五、一〇）の日付をもつ「雲の信号」を引用することからはじめたい。これも短詩だが、まずなによりもゆったりと詩の中の時間にとどまることができる佳品である。

あゝいゝな、せいせいするな
風が吹くし
農具はぴかぴか光つてゐるし
山はぼんやり
岩頸だつて岩鐘だつて
みんな時間のないころのゆめをみてゐるのだ
　そのとき雲の信号は
　もう青白い春の
　禁慾のそら高く掲げられてゐた
山はぼんやり
きつと四本杉には
今夜は雁もおりてくる[*1]

「あゝいゝな、せいせいするな」という思いきった話し言葉からはじまるこの詩は、「みんな時間のないころのゆめをみてゐるのだ」という行に見てとれるひらがな表記の視覚的効果とあいまって、野原で春の風に吹かれるのびやかなやすらぎを平明に表現している。行を落とした後半の三行には賢治流の難解さが顔を覗かせているが、「禁慾」のことばにこだわりすぎるのはこの場合よい接近法ではないだろう。[*2] それよりは「岩頸だつて岩鐘だつて」の語句から、あの驚くべき童話「楢ノ木大学士の野宿」を連想して、「時間のないころのゆめ」に思いを馳せたほうがよっぽど楽しい。

そしてとりわけこの詩で魅力的に感じられるのは、風のなかで「農具はぴかぴか光つてゐる」という光のあり方と、最後二行の「きつと四本杉には／今夜は雁もおりてくる」という、詩そのものの着地であるような、鳥の舞い降りてくるやわらかな速度のイメージである。「ぴかぴか」そのものは何の変哲もない擬態語なのだが、詩の中に置いてみるとき、この擬態語には何かふつうと違った、不思議な濃さ、強さが感じられる。また「四本杉」に「おりてくる」らしい雁の落下の速度にも、わたしたちが日常世界で知覚するのとはかすかに異なった空気の抵抗が働いているように思われるのだ。

このような感覚の微妙な偏差は、賢治の詩が成立する空間自体の性格に拠っているのではないだろうか。その性格をしばらく追ってみたい。

2　溶液空間

『春と修羅』を読みすすめていくとき、すぐに気づくのは、本来なら気体が充満しているべきわたしたちの生きる空間が、液体で充満した空間としてとらえられていることである。[*3]

まばゆい気圏の海のそこに
（かなしみは青々ふかく）
ZYPRESSEN しずかにゆすれ
鳥はまた青ぞらを截る
（まことのことばはここになく

修羅のなみだはつちにふる)（Ⅱ24）

「春と修羅」後半部の一節である。「気圏」ということばは自然科学に由来する賢治語彙にほかならないが、それを助詞「の」――これは連体修飾ではなく同格として理解すべきだろう――を介して「海」の語に接続している。これは単なる喩ではない。海という莫大な容積の液体をイメージしてはじめて、（かなしみは青々ふかく）という表現が縁語の域をこえた実感を獲得するし、また、その「底」を「唖し　はぎしりゆききする」（Ⅱ22）「修羅」――この語もさまざまな見解が提出されているが、第一義的には、動物以上人間以下の存在――としての自分の肩にのしかかる重圧が理解される。ZYPRESSEN――糸杉がしずかにゆれるそのゆれかたは海草のそれであり、空間を移動する鳥は気体よりはるかに抵抗のある空間だからこそ「截る」という語がふさわしいのだ。

この気圏＝液体空間は、巨視的に把握されたものであるにもかかわらず、基本的には閉じた空間である。賢治の詩において、天空はしばしば鉱物によって造られた巨大な板として観念されている。

野はらのはてはシベリヤの天末
土耳古玉製玲瓏のつぎ目も光り
（「丘の眩惑」Ⅱ16）

雲はみんなむしられて
青ぞらは巨きな網の目になつた
それが底びかりする鉱物板だ
（「休息」Ⅱ35）

水底と光りかがやく天井によって区切られた液体空間、というとたちまちこの世ならぬ夢幻的な青に浸された童話「やまなし」が思い出される。「やまなし」はすべて谷川の水の中で進行するという点で賢治の童話群の中ではいっけん異色のように見えるが、水底の蟹の親子の視線と空間把握はすでに賢治が地上で獲得していたものであり、けっして孤立した世界像の作品ではない。

水底と天上によって閉じられたこの液体空間の性質は、『春と修羅』の第二章の表題作「真空溶媒」になるといっそう明瞭になってくる。そもそも「溶媒」とは「溶質」とともに「溶液」を構成する語である。ここで「液体空間」は「溶液空間」と言いなおさなければならなくなる。

融銅はまだ眩めかず
白いハロウも燃えたたず
地平線ばかり明るくなつたり陰つたり
はんぶん溶けたり澱んだり
しきりにさつきからゆれてゐる
（Ⅱ40）

「真空溶媒」の冒頭である。ここからはじまるファンタジーのめまぐるしさは、溶液の中の化学的変化と対応しているようだ。次のような詩行もある。

いまやそこらは alcohol 瓶のなかのけしき

白い輝雲のあちこちが切れて
あの永久の海蒼がのぞきでてゐる
それから新鮮なそらの海鼠の匂

（Ⅱ41）

閉ざされた溶液空間は、ここでは瓶の中の空間とみなされている。透明なガラス器の中の空間というイメージは、後にふれるように賢治の作品空間の生成を考える上で重要である。そしてまた同時にそこは「海」でもあるのだ。「永久の海蒼」「海鼠の匂」。すべては巨大なガラス瓶のなかの海でのできごとである。alcohol ということばを受けて、この長詩の後半には次のようなユーモラスな詩句もある。

どうでもいゝ　実にいゝ空気だ
ほんたうに液体のやうな空気だ
（ウーイ　神はほめられよ
みちからのたたふべきかな

ウーイ　いゝ空気だ）　（Ⅱ48－49）

空気という酒＝アルコール溶液を飲んで酔っぱらっているのである（ちなみにエミリ・ディキンソンにも'I taste a liquor never brewed'という空気の酒に酔いしれる詩がある）。

「真空溶媒」という長詩から以上のような断片的な引用をするのは心ないわざだが、賢治の詩の展開する空間が「溶液空間」であることはこの作品から明瞭になる。冒頭に引用した「雲の信号」で感じられた光や速度の偏差は、ここでなかばは理解されるだろう。かすかに日常感覚からずれる農具の光のあり方も、舞いおりてくる雁の速度も、溶液のもつ抵抗や濃度、そして光の（まさに）「屈折率」に原因するものなのだ。

しかし、実は「溶液」という語も正確ではない。それはもっと別の語に限定されうるのである。

3　コロイド空間

小さな水たまりを側にしゃがんで覗きこむ。できるだけ水面に眼を近づける。いや、もしかしたらその水たまりの水を底の泥ごと掬い取ってフラスコかビーカーに入れ、横から覗いているのかもしれない。いずれにせよ、きわめて対象に接近したミクロな世界がそこに開ける。ユスリカの幼虫が観察される。小さくくねる赤い虫だ。閉ざされた溶液空間の中で踊っている。

（えゝ、水ゾルですよ
おぼろな寒天の液ですよ）
日は黄金の薔薇
赤いちいさな蠕虫が

水とひかりをからだにまとひ
ひとりでおどりをやつてゐる

（「蠕虫舞手」II53）

水ゾルとは何か。これに答えるためにはコロイド化学の領域に足を踏み入れなければならない。コロイドとは、一八六一年にT.Grahamによって見出された概念である。試みに『生化学辞典』を引いてみよう。

コロイドは特殊な分散状態にある物質（こう質）、またはその分散状態を指す。コロイド次元の大きさの粒子をコロイド粒子という。コロイド次元としては、同体積の球の直径として、1nm～0.1μmとすることが多い。コロイド粒子を含む系をコロイド分散系という。また、コロイド粒子が液体に分散したものをコロイド溶液とよぶことがある。ゾルはそれと同じ意味のものである。ゾルは条件により、固体状のゲルになる。液体中に他の液体が微粒子として分離したエマルションも広い意味ではコロイド溶液である。〔中略〕自然界にコロイドの例は多いが、特に生物体を構成する物質の大部分はコロイド状態で存在し、複雑な機能を営んでいる。[*4]

「水ゾル」とは水を分散媒としたコロイド溶液のことである。また「寒天」はそもそも天草を煮て生成されたコロイド溶液がゲル化したもので、身近なコロイド状物質の代表である。すなわち蠕虫がダンスする溶液空間は、「コロイド空間」と言いなおすべきなのだ。

この詩に限らない。『春と修羅』の中で、この「蠕虫舞手」のすぐ後に続く「小岩井農場」、天沢退二郎の言葉を借りれば、賢治にとっての自由詩形式の「決算表」であった[*5]この長詩も、基本的には世界をコロイド空間として見ることによって成立している。

ひばり　ひばり
銀の微塵のちらばるそらへ
たつたいまのぼつたひばりなのだ
くろくてすばやくきんいろだ
そらでやるBrownian movement

おまけにあいつの翅ときたら
甲虫のやうに四まいある
飴いろのやつと硬い漆ぬりの方と
たしかに二重にもつてゐる
よほど上手に鳴いてゐる
そらのひかりを呑みこんでゐる
光波のために溺れてゐる

（「小岩井農場　パート二」Ⅱ６４―６５）

「銀の微塵」の散乱する空――この「微塵」についてはさまざまな見解があるが、とりあえずここでは、五月の陽光を、コロイド溶液特有のチンダル現象――コロイド分散質の粒子が光を反射し、可視のものとする現象――として捉えている詩句と解釈することができる。「ひばり」は、このコロイド空間を証明する粒子である。Brownian movement ――ブラウン運動とはコロイド溶液の中で粒子が分散媒分子の熱運動の影響を受けて不規則な運動をすることである。この運動はコロイド溶液の状態の中でしか観察されない。さらにその粒子＝ひばりは、この場合の分散媒である「ひかり」の中で「溺れてゐる」というのだ。[*6] この詩ではコロイド化学の語彙が一貫して体系的に使われていると言ってよいだろう。

賢治は盛岡高等農林学校在学中には賢治を寵愛した関豊太郎教授のもとで「膠質化学」(コロイド化学)の論講に参加している。また賢治の得業論文(卒業論文)「腐植質中ノ無機成分ノ植物ニ対スル価値」は、土中に「複雑ナル膠状複合体乃至ハソノ他ノ混合物」(XⅣ33)として存在する「膠植質」の性質を調べるものであった。コロイド化学は当時の化学の先端領域であり、同時に賢治の学生時代の研究テーマであったのである。

賢治およびその作品とコロイド化学とのかかわりについては、ここでこれ以上述べることはやめておこう。この領域は研究が進み、詳細に考察された論文や著作がすでにいくつも公にされているからだ。[*7] 小文で述べたいのはあとふたつ、賢治における「心象コロイド空間」――これは仮の呼び方であるが――の生成とその性格の問題、そしてその「心象コロイド空間」が作品集『春と修羅』のなかで、またその後の作品中で無傷であり続けたのかどうか、という問題である。

4　心象コロイド空間の生成

図版は一九一七年（大正六年）九月二日の消印を持つ、賢治が友人保阪嘉内へ宛てたはがきである。このとき賢治は盛岡高等農林学校三年生で、八月の末から十日ほどの日程で江刺群の地質調査のための旅行をしていた。

山のスケッチ、というよりは模式図のようなものに英語が書き添えられている。山の上部の大気の所には細かく点々が打たれ、dispersed system（medium - air, substance H_2O）と書かれている。霧か靄のかかった大気をコロイド分散系（dispersed system）として把握していることがはっきり見て取れる。分散媒 medium が空気 air であり、分散質 substance が H_2O すなわち水である。自分をとりまく自然や世界をコロイド化学の概念で理解する賢治の空間把握は、盛岡高等農林学校時代にほとんど成立しおえている。ちなみに、この図の右端に登場する「かなし

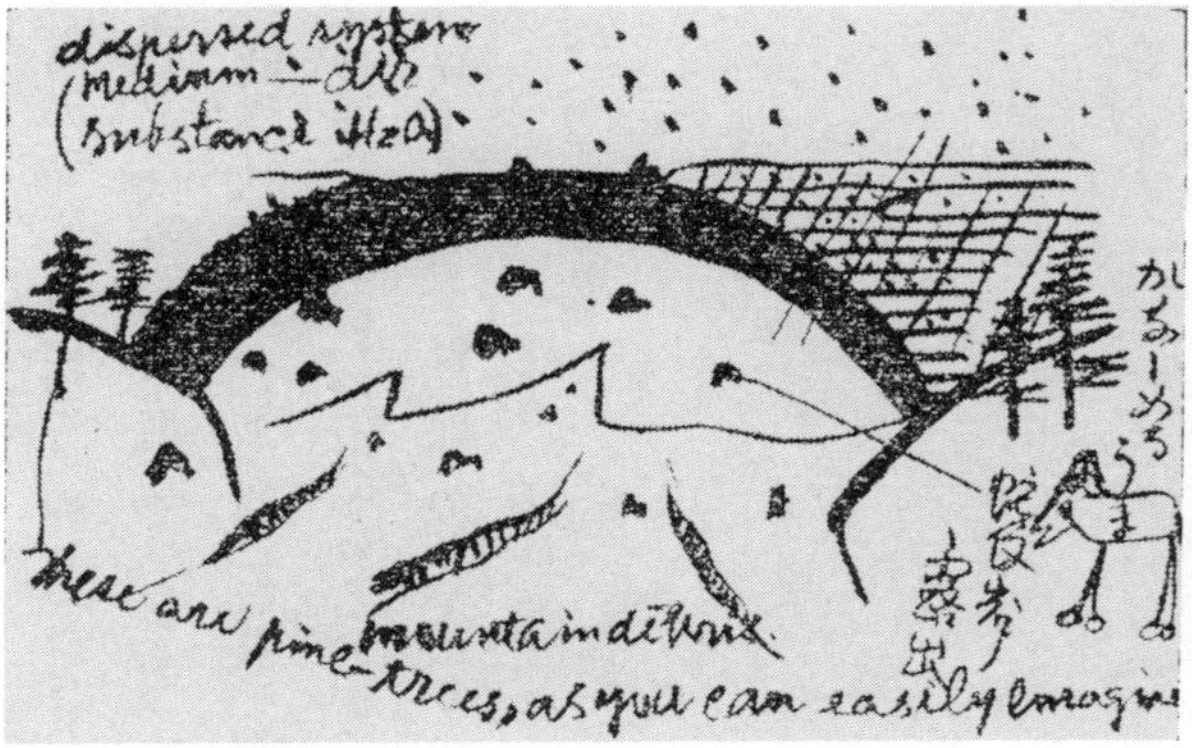

保阪庸夫氏所蔵　　図版：「新校本　宮沢賢治全集」15巻〔筑摩書房〕より転載

めるうま」をなにがしか賢治の心情が投影された存在ととらえるならば、この図全体が「春と修羅」の「四月の気層のひかりの底を／唾し　はぎしりゆききする／おれはひとりの修羅なのだ」（Ⅱ22）という詩句のはるかな原型と言えるのではないだろうか。

盛岡高等農林学校時代は、賢治が集中的に短歌を制作した時期でもあった。賢治の詩的感覚の源泉や生成を考える場合、しばしば引かれるのがこの学生時代に成立した短歌群である。右で一瞥したようなコロイド化学と賢治とのかかわりを念頭に置くとき、たとえば次のような短歌が印象に残る。

コバルトのなやみよどめる
その底に
加里の火
ひとつ
白み燃えたる　（Ⅰ178）

鉄の澱
紅くよどみて
水もひかり
五時ちかければやめて帰らん。

（Ⅰ212）

前者は大正五年、後者は大正六年の歌稿より引用した。

両方とも実験室の中である。前者の歌はカリウムの炎色反応をコバルトガラスを通して見ている様子をもとにしているらしいのだが、同時にすべて賢治の心象を歌ったものとも思える。どこまでが眼前で起こっている化学物質の変化であり、どこからが作者の心象なのか判然としない。いいかえれば、賢治はこのとき、自分の心をみつめているのか、外界の化学変化をみつめているのか、どちらともつかない状態にいると言えるだろう。

後者の歌は前者ほど混沌とした雰囲気は与えない。「鉄のgel紅く澱みて水はひかりたり五時もちかければやめて帰らん」（Ⅰ62）という異稿もあるが、板谷栄城によれば、これは鉄の化合物の溶液にアルカリを加えて水酸化鉄のゲル状のコロイドを析出させる実験であるという。[*8]

ガラス器の中のひかる水の中にしずむ鉄ゲルの「よどみ」は、やはり即物的な描写であると同時に、賢治の心的状態の投影を感じさせる。よどんでいるのは鉄ゲルであると同時に観察者の感情でもあるのだ。

高等農林学校時代の賢治は、眼前の物質の変化にみずからの心的状態を重ねるという体験を相当したのではないだろうか。眼前のビーカー中のコロイド溶液の変化とみずからの内面を往還するうち、両者はひとつのものとなる。賢治のコロイド空間は外界を把握するカテゴリーであると同時に、賢治の心的空間そのものである。そして、賢治は同時期に唯心論的思考をも醸成していた。たとえば大正七年には父・政次郎に書簡で次のようなことを書いている。

戦争とか病気とか学校も家も山も雪もみな均しき一心の現象に御座候　（XV50）

これに『春と修羅』「序」の、「これらについて人や銀河や修羅や海胆は／宇宙塵をたべ、または空気や塩水を呼吸しながら／それぞれ新鮮な本体論もかんがへませうが／それらも畢竟こゝろのひとつの風物です」（Ⅱ8）という詩句を付け加えることもできよう。

すべての現象はこの「一心」の中の出来事であり、すべては「こゝろのひとつの風物」であるという考え方の源泉は仏教思想から来ている。華厳経に由来する「三界唯一心、心外無別法」の語句を、あるいは天台の「一念三千」の教説を、幼少から仏教に親しみ、高等農林学校に入ってからは島地大等の法話を聞いている賢治が知らないはずはない。また日蓮教学の母胎となった中古中世の比叡山は今日「天台本覚論」と呼ばれる思想を発展させており、「観心」を重視し、過激な唯心論を展開していた。*9

仏教思想に源泉する唯心論が賢治の中で育まれる過程で、世界の、外界のモデルとなったものはビーカー中のコロイド溶液の空間だった。コロイド溶液空間の変容はすなわちみずからの心象の変容の等価物とされる。そこに生成したものは、世界＝コロイド空間＝「一心」であるような世界観である。これを「心象コロイド空間」と呼ぼう。

この「心象コロイド空間」は、「空間」という語を使ったものの、空間というよりはむしろ機能的な存在であり、たとえればコンピュータのオペレーティング・システムのようなものと言ってもよいかもしれない。それがうまく機能してはじめて賢治独特の「ソフト」——特異な感覚や幻想や詩的言語——が起動するような、基盤的な存在である。

しかし、繰り返しを怖れずに言えば、この「心象コロイド空間」は基本的には閉じられた構造をしている。たとえどんなに巨視的なスケールを取ろうとも——銀河系まで拡大したとしても——自己意識の縁《ふち》という透明なガラスの壁に閉ざされているのである。

5　破断と再生

詩集『春と修羅』に戻ろう。『春と修羅』の中の各篇には日付が付されている。この日付は、「各スケッチの、いわば出発点を示すものであって、制作日付や成立日付ではないことには、くれぐれも留意する必要がある」[*10]というのが校本版全集の編纂にたずさわった入沢康夫の強調する認識である。しかし、結果として、賢治がそれぞれの詩篇に日付を残したということは、『春と修羅』という作品集全体を通時的に読みうる可能性を許す。現実に流れた時間とは別の意味であっても、やはり、『春と修羅』は一定の時間の流れを封じ込めた作品集なのである。

以下は、この作品集の内部の時間性というものを前提した論であることを断っておきたい。

これまでで述べた、詩の成立基盤としての「心象コロイド空間」は、『春と修羅』第一章としての「春と修羅」から、第五章の「東岩手火山」まで、順調に作動しているようすがうかがえる。一九二二年一月六日から十月十五日までの日付をもつ作品群である。そこまでで賢治の詩人としての世界認識や想像力の原型はほぼ出尽くしている。それはコロイド空間の中で、森や鳥や露や光が鉱物から液体までのあらゆる様相を取って無限に変容していく世界である。

しかし、一九二二年の十一月に賢治はひとつの出来事に遭遇する。誰もよく知るように、妹トシが喪われたことである。

トシの死の衝撃によって、賢治の詩の基盤であった「心象コロイド空間」は、いったんこなごなに破壊されたのではないか。

トシが死んだ日、すなわち十一月二十七日の日付をもつ三つの作品が、「無声慟哭」の章の冒頭に位置する。すなわち「永訣の朝」と「松の針」、そして「無声慟哭」である。これらの作品には、これまで見てきたような「コロイド空間」を示す表現や語彙が、皆無とは言えないまでも、非常に少ないのだ。「永訣の朝」を引こう。

…ふたきれのみかげせきざいに
みぞれはさびしくたまつてゐる
わたくしはそのうへにあぶなくたち
雪と水とのまつしろな二相系をたもち
すきとほるつめたい雫にみちた
このつややかな松のえだから
わたくしのやさしいいもうとの
さいごのたべものをもらつていかう
わたしたちがいつしよにそだつてきたあひだ
みなれたちやわんのこの藍のもやうにも
もうけふおまへはわかれてしまふ
（Ora Orade Shitori egumo）

（Ⅱ139―140）

この作品の痛切な美しさの核心は、愛する者が喪われようとするそのときに、石が石であり雪が雪であり水が水であり松の枝が松の枝である悲嘆にある。世界はここで変幻することができない（もし変幻できるのならば、トシの死という事態も何か別のことに変えうるはずだ——逆に言えば、トシの死という事態の確実性は心象コロイド空間の変容の力能を奪うこととなる）。詩中の「わたくし」が「あめゆき」を取ろうとして病室を飛びだしたときに頬にあたるのは、もはやコロイド溶液の波ではなく、十一月末のみぞれまじりの東北の冷たい空気そのものなのである。

なるほど「二相系」とか「気圏」という賢治語彙はこの詩の中にも顔をのぞかせるし、「みぞれはびちよびちよ沈んでくる」という詩句から「みぞれ」を沈殿物として捕らえているなどという指摘もできないわけではない。しかし「永訣の朝」にあっては、それらは雑音の指摘としかいいようがない。この詩にあるのは観察する視線の崩壊であり、他者からのことばを聴かないではいられぬ立場におかれた者の痛みと祈りである。

トシの死はビーカーに入った賢治の詩の成立基盤を一撃で破砕した。一九二二年十一月二十七日以降、詩の日付において賢治は六ヶ月の沈黙に入る。たしかに妹トシの死はまた詩の死でもあった。[*11] 賢治は静かに「心象コロイド空間」の再生をまった。そして詩作を再開した一九二三年六月三日の日付をもつ「風林」では、ふたたび明確にコロイド空間を示す語彙が姿をあらわしている。

月はいましだいに銀のアトムをうしなひ
かしははせなかをくろくかがめる
柳沢の杉はなつかしくコロイドよりも
ばうずの沼森のむかふには
騎兵聯隊の灯も澱んでゐる
（Ⅱ146）

だが、同じことが繰り返されることはない。再生した賢治のコロイド空間は、これ以降、創傷の治癒痕が周囲の肉より少し盛り上がるごとく、むしろ『春と修羅』前半部よりも過剰な傾向を示している。そしてその再生した詩空間の中で賢治はひとつの難問に首を突っこまなければならなかった。

6　挽歌という試み

賢治の詩的生成期にあたる大正七年の書簡からもう一度引いておこう。親友であった保阪嘉内が盛岡高等農林学校を除籍になったことを知り、とにかくも友人をなぐさめようとする手紙の一節である。

静に自らの心をみつめませう。この中には下阿鼻より下有頂《ママ》に至る一切の諸象を含み現在の世界とても又之に外ありません。（XV55―56）

「下有頂」は「上有頂」と書くべきものの誤記である。自らの「心」の中に阿鼻地獄から有頂天に至るまでの世界の一切（もう少し正確に言えば六道の一切）の現象が含まれるという。

もし本当にそうなら、トシが死んだという事実も賢治の「心」の中の出来事であり、死んだトシはこの唯心論的空間のどこかに位置づけられるはずだ。だが「心象コロイド空間」の中のどこを探してもトシは見つからない。では、一心＝コロイド空間の外に行ってしまったのか。これはほとんど論理的な難問である。

この難問をどうにか解決しようとして賢治は旅に出た。[*12] その所産が「青森挽歌」にはじまる挽歌群「オホーツク挽歌」の章であった。

「青森挽歌」はその長さ自体が賢治の苦渋に満ちた戦いを物語る。列車の中で語られるこの挽歌は、それ自体列車のように大きくうねりながら、過剰に再生された八月のコロイド空間の中を進んでゆく。

こんなやみよののはらのなかをゆくときは
客車のまどはみんな水族館の窓になる
（乾いたでんしんばしらの列が
せはしく遷つてゐるらしい

きしやは銀河系の玲瓏レンズ
　巨きな水素のりんごのなかをかけてゐる）
りんごのなかをはしつてゐる
けれどもここはいつたいどこの停車場だ
枕木を焼いてこさへた柵が立ち
　（八月の　よるのしづまの　寒天凝膠《アガアゼル》）　（Ⅱ１５６）

「客車のまどはみんな水族館の窓」なのだから、列車の外は液体に満たされた空間である。そしてその空間は全体として巨大なレンズ＝水素のりんごの形をしているのであり、無限な空間ではない。これがさきに述べた「ビーカーの中に入った心象コロイド空間」と相似の表象であることはすぐ理解できる。と同時にこの設定が後に「銀河鉄道の夜」で描かれる空間と同一のものであることにも気づくのである。

車内の内外のコロイド空間の記述に三〇行ばかりを費やしたあと、賢治が噛みついている殻の硬い貝が顔を見せはじめる。

車窓の五つの電燈は
いよいよつめたく液化され
（考へださなければならないことを
わたくしはいたみやつかれから
なるべくおもひださうとしない）
（Ⅱ157―158）

「考へださなければならないこと」とは一体なにか。さらに十五行ほど迂回したのち、やっとしずかに詩は自問をはじめる。

あいつはこんなさびしい停車場を
たつたひとりで通つていつたらうか
どこへ行くともわからないその方向を
どの種類の世界へはいるともしれないそのみちを

たつたひとりでさびしくあるいて行つたらうか
（Ⅱ158－159）

「あいつ」とはいうまでもなく喪われた妹トシのことだ。賢治が書簡の中で漏らしているように、すべてが「一心」の中に包摂されるものならば、こんなふうに自問する必要はないはずだ。やはりトシは「一心」の外に行ってしまったのか。ならばそれはいったいどこで、トシはどうやってそこまでたどり着いたのだろうか。詩は童話めいた死後の童子たちの会話を挟んだあと、ふたたび出発しなおそうとする。

かんがへださなければならないことは
どうしてもかんがへださなければならない
とし子はみんなが死ぬとなづける
そのやりかたを通つて行き
それからさきどこへ行つたかわからない
それはおれたちの空間の方向ではかられない
（Ⅱ160）

迂回しがちな思考を矯めようとする苦しいリフレインである。トシが心象コロイド空間の中に不在であるならば、いったいどこへ行ってしまったのか。それをあらゆる角度から検討し直そうというのが、「青森挽歌」のモチーフなのである。

賢治は妹が鳥に転生した可能性に思いを馳せたあと、「わたくしはどうしてもさう思はない」（Ⅱ163）とそれを否定し、トシが仏国土のような場所にいる場合と、「亜硫酸や笑気」の匂いのする不吉な場所に「まつ青」（Ⅱ165）になって立っている場合の双方をイメージすることに労力を費やす。だが心の中でトシのいる場所をどのように想定しても賢治の痛切な喪失感はいやされない。後半に次のような告白が置かれる。

けれどもとし子の死んだことならば
いまわたくしがそれを夢でないと考へて
あたらしくぎくつとしなければならないほどの
あんまりひどいげんじつなのだ

感ずることのあまり新鮮にすぎるとき
それをがいねん化することは
きちがひにならないための
生物体の一つの自衛作用だけれども
いつでもまもつてばかりゐてはいけない
（Ⅱ166）

トシのいる場所をどんな形であれ想定することは畢竟「がいねん化」に過ぎず、それが狂気に陥らないための方便に過ぎないことも賢治は気づいている。しかしだからといって想定しないではいられないのである。トシは賢治の心象コロイド空間（一心）にとって絶対的に背反する存在であり、ついに両者を統合することはできなかった（むしろ統合しえなかったことに逆に賢治の精神の強靭さを見ることができるかもしれない）。

「青森挽歌」は次のように終わる。

（みんなむかしからのきやうだいなのだから

けつしてひとりをいのつてはいけない》

ああ　わたくしはけつしてさうしませんでした
あいつがなくなつてからあとのよるひる
わたくしはただの一どたりと
あいつだけがいいとこに行けばいいと
さういのりはしなかつたとおもひます

（Ⅱ168）

だがこの菩薩の理念は弱々しい。ここだけを取り上げて賢治の思想を云々することは作品を無視した欺瞞と言わねばならない。倫理的止揚に見えながら、これはついに試みに失敗した者の遁辞なのである。この部分のひらがなの卓越は、いつものようなやわらかで滲みとおるようなリズムを伝えるよりは、むしろ何かを糊塗した白壁のような硬直感しか与えないように思われる。

7　おわりに

「オホーツク挽歌」の章はまだ四篇の詩を残しているし、その後にも「風景とオルゴール」の章が位置している。だがここでとりあえず『春と修羅』から離れよう。「青森挽歌」の後の詩篇でも再生されたコロイド空間を示す表徴の表出はますます盛んであり、それはそのまま出版されることのなかった『春と修羅　第二集』に受け継がれている。

トシの死の後の沈黙に続いた挽歌の中で、賢治の詩の成立基盤である「心象コロイド空間」（「一心」）の中に喪われたトシを結局位置づけることができなかったことは右に見たとおりである。これ以後も、作品の中では賢治はトシとの訣別を繰り返し変奏する。この主題については病跡学の視点から分析した福島章の論文に詳しい。[*13] 耐えがたい経験であるからこそ、それを強迫的に反復する機制が生じ得ることはフロイトが指摘するところである（「快感原則の彼岸」）。

そして、賢治にとってもっとも巨視的なコロイド空間は銀河系であった。[*14]「銀河鉄道の夜」の冒頭部の、学校の先生が銀河を乳液に喩えて説明する場面からそれは明白である。複雑な成立過程を経て最晩年にまでその原稿に手を入れていたこの童話の中で、賢治は最後の試みをする。賢治の分身であるといっていいジョバンニは愛するカンパネルラと心象コロイド空間の中をどこまでも一緒に行きたいと願いながら、しかし、ついにその願いは叶えられないのである。ジョバンニは最後に銀河系からはじき返され、ひとりで地上に降り立つ。そしてカンパネルラの死と父の帰還の知らせを聞き、母親の待つ家へといっさんに走り去ってゆく。

ジョバンニが走り去ったむこうには何があったのか。賢治はみずからの「一心」のなかに愛する者を容れることが最終的に不可能であることをこの作品で確かめた。残るのは心象コロイド空間が演じたきらびやかな幻想と挫折感だけだったのだろうか。

賢治の作品群の中には、本質的に閉じている心象コロイド空間と決定的に異なった世界像を指し示している作品がある。先に挙げた「永訣の朝」以下三篇の詩もそれに数えられるだろうが、代表として、「銀河鉄道の夜」と同じく長期の推敲を経て最晩年に成った童話「セロ弾きのゴーシュ」を挙げたい。この童話で提示された世界は、ジョバンニが走りに走って（牛乳を待っている母親さえ突き抜けて）たどりついたひとつの場所を示唆するのではあるまいか。それについては稿を改めて論じることにしたい。

＊1 『新校本 宮沢賢治全集』第二巻本文篇、筑摩書房、一九九五年、三〇頁。以下、賢治作品の引用はすべて同全集からとし、引用のあとに巻数をローマ数字で、頁数を算用数字で示す。
＊2 板谷栄城『宮沢賢治の、短歌のような』（日本放送出版協会、一九九九年）は、賢治作品の中の「雲」が多くの場合リビドーの象徴であることを豊富な具体例をもって指摘している（第三章「月と雲」）。この場合も、「禁慾」の語はリビドーの象徴としての雲の対比として置かれたのであろう。
＊3 板谷同右書は、空気を液体のように見る、感じる感覚を「液化感覚」と呼び、多くの例を挙げている（第六章「液化」）。
＊4 今堀和友・山川民夫監修『生化学辞典（第二版）』東京化学同人社、一九九〇年、五一八頁。
＊5 天沢退二郎『宮沢賢治の彼方へ（新増補改訂版）』思潮社、一九八九年、一〇二頁。
＊6 ここでひばりは粒子と捉えられているが、同時にそれは空間の性質をわたしたちに知らしめる測定器である。賢治の作品の鳥は、空間の測定器として機械のイメージをもって描かれる場合がしばしばある。

わをかく、わを描く、からす
烏の軛り……からす器械……

（「陽ざしとかれくさ」Ⅱ28）

射手は肩を怒らして銃を構へる
　（ぼとしぎのつめたい発動機は……）
ぼとしぎはぶうぶう鳴り
いつたいなにを射たうといふのだ

（「小岩井農場 パート七」Ⅱ82）

＊7　小文で主として参考としたのは、吉見正信『宮澤賢治の道程』（八重岳書房、一九八二年）のⅦ「科学と宗教の思想形成」、板谷栄城『宮沢賢治の宝石箱』（朝日新聞社、一九九一年）の第三章「賢治実験室」、同『宮沢賢治の、短歌のような』（前掲）の第六章「液化と微塵とコロイド」、大塚常樹『宮沢賢治　心象の宇宙論』（朝文社、一九九三年）の序論「宮沢賢治の空間認識――ミクロコスモスからマクロコスモスへ」、力丸光雄「『ペッシュル氏膠質化学』をめぐって」（新修宮沢賢治全集、月報7）、『宮澤賢治語彙辞典』（東京書籍、一九八九年）の「膠質」「コロイド」「気圏」等の項目。また賢治が法華経と共に座右の書としたとされる片山正夫『化学本論』にコロイド化学についての詳しい記述のあったことが、斉藤文一『宮沢賢治とその展開――氷窒素の世界』（国文社、一九七八年）の第二章から知られる。

＊8　板谷栄城『宮澤賢治の宝石箱』二五二頁。

＊9　一例を挙げれば、「一心は本より平等法界、三千の依正の当体なり。仮りに諸名を立つる故に、九識等の名、これあり。また、九識相即の三身なり。三身とは、我等衆生一念の心なり。故に諸識は外になし、ただ一心なり。一心は外になし、ただ諸識なり。また三身は外になし、ただ一心なり〔中略〕ただ一々の諸法は一心、

一心は諸法なる故に、諸法を見、一心を見、一心を見、諸法を見るなり。観心の所要、ただこれにあり」「三十四箇事書」『天台本覚論』日本思想大系9、岩波書店、一九七三年、一六二頁。

＊10　新修版全集第二巻の解説。三五九頁。

＊11　天沢前掲書「とし子の死――詩の終焉と回生」を参照。

＊12　「七月三一日（火）花巻駅午後二時三一分乗車、青森、北海道経由樺太旅行へ出発。農学校生徒瀬川嘉助、杉山芳松の就職を豊原市王子製紙株式会社細越健に依頼する目的があったが、トシとの交信を求める傷心旅行である。」堀尾青史編『宮澤賢治年譜』筑摩書房、一九九一年、一五七頁。

＊13　福島章『宮沢賢治　こころの軌跡』（講談社学術文庫、一九八五年）第三節「ふたりの世界の精神分析」。

＊14　「賢治にとって（中略）太陽系も、銀河系も、そして大宇宙も、すべて「コロイド分散系」だったのである（中略）われわれが「銀河」つまり「銀の川」と呼ぶとき、それは銀コロイドの分散系、懸濁液《サスペンション》であり、一方、ギリシア語の*galactos*（乳）に由来する「ギャラクシー」は脂肪の分散系、つまり乳濁液《エマルション》ということになるのである」（＊7の力丸光雄氏の文献、五頁）。また同じく＊7に挙げた大塚氏の著書三五頁にも言及がある。

II

破棄された救済

宮澤賢治「セロ弾きのゴーシュ」試論

1

宮澤賢治の童話「セロ弾きのゴーシュ」は、これまでほとんど例外なく、教育学的とも呼ぶべき読み方によって理解されてきた。すなわち、セロの下手だった主人公が四晩つづけて動物たちの相手をしてやることで、それと意識しないままに自分に欠けていたものに気づき、それを獲得し、内的な変化を遂げ、最後には聴衆を感動させるまでの技量と精神的な成長を実現したとする解釈である。

主人公が最終的に体現したらしいものの内容を示すために、多種多様の語彙が動員される。「青春期の驕慢、思春期の切実、少年期の（父への）純真、そして幼年期の（母への）無心――これら時間を越えた自己像が〈他者〉としてのゴーシュの前に夜ごとに現れ、深夜の交感のうちに子供から大人へのイニシエーションを遂行していくのである」*1

「理想的な人獣交歓のうちに、最高の〈音楽〉――「慢」の浄化を達成しえた〈セロ弾き〉の物語と言ってよいだろう」[*2]

「人間とは生あるかぎり学ぶ姿勢を崩してはならないし、何よりも謙虚でなければならないのだ。成功を成功とも思わない、このゴーシュの姿勢、いわばデクノボウ的な生き方を描くところにこそこの作品の意図が存している」[*3]

「音楽」という主題は、他のどの芸術ジャンルにもまして解釈語彙を増殖させる力をもっている。研究者は登場する動物たちとゴーシュとのやりとりをひとつひとつ音楽用語に翻訳し、賢治の聴いていたレコードを詳査し、彼の使っていた実際のセロをもちだしてくる。教育学的な読み方、発達論的な解釈は音楽の領域に限るわけではない。この童話を、「治療者」の人格的成熟の「実に見事な事例報告」とする精神医学者からの論文も存在する。[*4]

熱心な資料探索や、それぞれの専門的な立場からする多様な読みを無視するつもりはまったくない。しかし、この童話が何らかの成長や成熟を表現したものとする「教育学的解釈」を読めば読むほど、一方で何かが決定的に見落とされている、という思いがどこかで募ってくる。[*5]

「セロ弾きのゴーシュ」は、詩人の「最後の作品」――賢治は病床で死の直前まで手を入れていたといわれる――がしばしば見せるところの、それまでの作品群に対する異質性と切断性を示しているのではないだろうか。

2

主人公のゴーシュはテキストの中で、「印度の虎狩」という曲を二回演奏する。一回めは生意気な猫にいやがらせをするため、自分の耳をふさいで。二回めは聴衆に対するやぶれかぶれの復讐として。たとえば天沢退二郎はこれについて次のように述べる。

「怪作「印度の虎狩」こそは、賢治がいろいろな童話の中に描いてきた理想の「作品」、一生涯かけて探し求めてきた《まことのことば》、《ほんたうの》仕事に至るための、賢者の石であったように思われる」。[*6]

詩人自身と同じく、その研究者も「ほんとうの」という限定詞に憑かれる。だがそれによって隠されてしまうものを見とどけるためには、他の作品を横に置いてみる必要がある。最終段階の改稿の時期を「セロ弾きのゴーシュ」と共有し、[*7]かつ賢治の作品中もっともよく知られた「銀河鉄道の夜」の内容を一言で要約するならば、〈「ほんとう」をめざす道行の挫折〉ということができるだろう。固疾のように繰り返される「ほんとう（ほんたう）の」という限定詞は、この長期にわたる推敲過程を経たテキストの根本的な力動を示すキイ・ワードである。

たとえば、途中で銀河鉄道に乗りこんできたキリスト教徒らしい少年少女と、その家庭教師の青年とが「天上」へ赴こうとするのを主人公のジョバンニが引きとめる場面では次のような対話が交わされる。

「天上へなんか行かなくたっていゝぢゃないか。ぼくたちこゝで天上よりももっといゝとこをこさえなけぁいけないって僕の先生が云ったよ。」
「だっておっ母さんも行ってらっしゃるしそれに神さまが仰っしゃるんだわ。」
「そんな神さまうその神さまだい。」

「あなたの神さまうその神さまよ。」

「さうぢゃないよ。」

「あなたの神さまってどんな神さまですか。」青年は笑ひながら云ひました。

「ぼくほんたうはよく知りません、けれどもそんなんでなしにほんたうのたった一人の神さまです。」

「ほんたうの神さまはもちろんたった一人です。」

「あゝ、そんなんでなしにたったひとりのほんたうのほんたうの神さまです。」*8


ゆらぐことのない一神観をもつ相手に対して、ジョバンニは、「ほんたうの神さま」はそういうものではないと抗弁する。しかし、「ほんたう」の根拠を示そうとするとき、それは「ほんとうだからほんとう」、あるいは「ほんとうのほんとう」という循環論法や同語反復を強迫的に繰り返すほかすべがない。

ここで問題となるのは、「ほんとう」ということばが指し示す内容よりはむしろその機能である。確認したいのは、賢治の代表作としてみられる「銀河鉄道の夜」が、どこかにあるはずの「ほんとう」、いいかえれば探しあてるべき超越的なものを絶えず予想させ、それに吊り下げられる形で、あるいはそれを消失点としてことばが紡ぎだされてゆくことである。「いじめられっ子」であるジョバンニは、作品の最初からむやみに「ほんとう」を希求する少年であり、その希求の姿勢を愛の対象である友人カムパネルラに期待するところに、嫉妬と安堵を行き来する「銀河鉄道の夜」の悲劇が不可避的なものとして胚胎する。

「カムパネルラ、また僕たち二人きりになつたねえ、どこまでもどこまでも一緒に行かう。僕はもうあのさそりのやうにほんたうにみんなの幸のためならば僕のからだなんか百ぺん灼いてもかまはない。」

「うん。僕だつてさうだ。」カムパネルラの眼にはきれいな涙がうかんでゐました。

「けれどもほんたうのさいはひは一体何だらう。」ジョバンニが云ひました。

「僕わからない。」カムパネルラがぼんやり云ひました。（167）

同語反復でしか表現できない「ほんとう」を、主人公があえてみずから問いなおしてしまったとき、嫉妬を交えながらもとりあえず幸福であった道行は破綻を迎える。いってみれば、ジョバンニは決して見てはならない作品の消失点をあえて見ようとしてしまったのだ。そのとき、「僕わからない」という同行者の薄暗い返答を残して「ほんとう」をめぐる言語的力動は断ち切られ、宮澤賢治の強迫的表象である「ふたり」の共同体は崩壊する。同時に、「みんなの幸のためならば」という自己犠牲の倫理の形をまとった「焼身幻想」[*9]もその行き場を失う。次の瞬間、主人公は胸を打ちながら激しく泣く——三度目の鶏鳴を聞いたときのペテロのように。ジョバンニの悲痛は、相手が失われたことよりも、自分がなした行為への悔いの方に向いている。

3

「銀河鉄道の夜」の異稿には、主人公の意識を背後から見守る高次の存在として、「ブルカニロ博士」という人物が登場する。ブルカニロ博士がひとりになったジョバンニに語りかける場面に次のような箇所がある。

みんながめいめいじぶんの神さまがほんたうの神さまだといふだらう、けれどもお互ほかの神さまを信ずる人たちのしたことでも涙がこぼれるだらう。それからぼくたちの心がいゝとかわるいとか議論するだらう。そして勝負がつかないだらう。けれどももしおまへがほんたうに勉強して実験でちゃんとほんたうの考とうその考とを分けてしまへばその実験の方法さへきまればもう信仰も化学と同じやうになる。[*10]

これは、やや唐突な形ではあるが、賢治の意識に一貫していた信念の告白といってよいだろう。「ほかの神さま」を信仰する人々と議論しても決着がつかないのは、きちんとした「証明」や「実験」を経ていないからであり、もし「ほんたうに勉強」して証明や実験の方法があきらかにできれば、われわれの相対的な観念とは無関係に存在する客観的な真理に到達できると考えられている。

宮澤賢治は基本的に科学（化学）を信じてうたがわないし、宗教と科学が矛盾するものとも考えていない。両者はある地点で幸福に手を結ぶものと固く信じていたように思える。そして、このような、科学と宗教（あるいは詩）が背理せずに結びつくところから生まれる全体性や宇宙観は、今日でも、いや今日なおいっそう、賢治のもっとも称揚されるべき特質として語られる。

だが、その種の思考形態や信念自体は特に賢治のユニークさを示すものではない。どこかに隠された「ほんとうの」価値や存在を想定し、何らかの手段によってそれに到達できるという一種の願望思考はなにも賢治に限ったことではなく、個人幻想からはじまり集団に共有される多種多様の思考体系や宗教的現象に普遍的に見出されるものであろう。

賢治は「銀河鉄道の夜」の最終稿から、右記のブルカニロ博士の存在とその教説を抹消した。なるほど、それによって、「銀河鉄道の夜」というテキストは一種の説教臭をうまく削ぎ落とし、主人公の孤独に焦点が収斂するという「文学」作品化を果たしたといえよう。

しかし、それでもなお、「ほんとう」と「うそ」を実験で分けることができるとするブルカニロ博士の残影はテキストのあちこちに揺曳することをやめない。銀河から地上へと弾き返されたジョバンニは、友人の死と不在の父親の無事を確かめたあと、「一目散に」街の方へと走り去ってゆく。たどりついたのは、牛乳を待つ「母親」のところだったのだろうか。

4

「セロ弾きのゴーシュ」の主人公も侮られる存在として設定されている。楽団の中で「いちばん下手」である彼は、がさつな楽長から、「おいゴーシュ君。君には困るんだがなあ。表情といふことがまるでできてない。怒るも喜ぶも感情といふものがさっぱり出ないんだ。それにどうしてもぴたっと外の楽器と合はないもなあ」（220）と他の楽団員の面前で指摘され、「壁の方へ向いて口をまげてぼろぼろ泪をこぼし」（220）たりする。

しかし同じ「いじめられっ子」であっても、たとえば「よだかの星」のように、食物連鎖における自己の加害者性を自覚したあげく天上に離脱を図ることはしないし、「猫の事務所」のように、作品の外から登場する超越的な「獅子」によって一気に救済されることも起こらない。ましてや「銀河鉄道の夜」のジョバンニのように、「ほんとうの」ものを希求しながら「ふたり」の精神的共同体をこいねがうこともない。徹底した独居者・独身者であるかにみえるゴーシュは、「町はづれの川ばたにあるこはれた水車小屋」（220）で、何も考えずにただひたすらセロを弾きつづけるだけである。

こうしたゴーシュの態度は、『法華経』の常不軽菩薩に由来する、いわゆる「デクノボー」でもない。四夜にわたって訪問してくる動物たちとのやりとりの中で、ゴーシュはなによりもまず動物たちにいらだちをぶつけ、罵倒し、侮る。

「誰がきさまにトマトなど持ってこいと云った。第一おれがきさまらのもってきたものなど食ふか。」（221）

「生意気なことを云ふな。ねこのくせに。」（222）

「出してやるよ。もう来るなよ。ばか。」（223）

「黙れっ。いゝ気になって。このばか鳥め。出て行かんとむしって朝飯に食ってしまふ

ぞ。」（227）

「こら、狸、おまへは狸汁といふことを知ってゐるかっ。」（228）

こう抜き出してみると、ゴーシュが、少なくとも「イツモシヅカニワラッテヰル」（「雨ニモマケズ」）存在とはほど遠いことがわかるだろう。なるほど、ゴーシュは第三夜に訪れた狸の子に対しては、すなおに「教えられる者」からの指摘に耳を傾けているし、第四夜の野鼠の親子に対しては、結果として子鼠の病気を治してやるという慈悲をおこなっている。だがその慈悲行は仏教的な理念を背景にもった利他行とはとうてい言えないし、ましてや賢治の生涯を通しての強迫観念であった「自己犠牲」の匂いはかけらもない。子供の病気がよくなって「ありがたうございます」と言いつづける親鼠の姿——そこには賢治の抱いていた母性像がかいまみえる——が「何がなかあいさう」になったゴーシュは、「パンを一つまみむしって」野鼠の前に置いてやる。「もうまるでばかのやうになって泣いたり笑ったりおじぎをしたり」する鼠の親子を見送ったゴーシュのセリフは、単に「あゝあ、鼠と話するのもなかなかつかれるぞ」（223）というものである。

要するに、ゴーシュは眼前の他者（＝動物）に対してわきあがる言語と感情を時々刻々そのまま表出しているだけであり、それ以上の深遠なものは背景に存在していない。ゴーシュは別に「慢」の罪を浄化したわけでもなければ、「他者への愛」を学んだわけでもない。主人公は成長もしていなければ変容もしていないのだ。そして注意しなくてはならないのは、ゴーシュと動物たちとのことばや感情のやりとりが、「銀河鉄道の夜」に見られるような「ほんとう」をめぐる遠近法の中に決して回収されないことである。

ゴーシュははじめはむしゃくしゃしてゐましたがいつまでもつゞけて弾いてゐるうちにふっと何だかこれは鳥の方がほんたうのドレミファにはまってゐるかなといふ気がしてきました。どうも弾けば弾くほどかくこうの方がいゝやうな気がするのでした。
「えいこんなばかなことしてゐたらおれは鳥になってしまふんぢゃないか。」とゴーシュはいきなりぴたりとセロをやめました。（226）

「教える─学ぶ」関係が逆転し、「ほんたうのドレミファ」という教育学的規範がちらりと顔をのぞかせた瞬間、主人公はそのプラクティスの枠組み自体を「こんなばかなこと」と言ってぶち壊してしまう。このあとゴーシュは相手の鳥に対して罵倒を連発し、まるで「ほんたう」ということばを思い起こさせたことに対して復讐するかのごとく怒りを爆発させる。

「セロ弾きのゴーシュ」には、推敲の途中で記された作品構成メモが残っている。それによれば、この童話の構想は、

一、活動写真館
二、第一夜　猫のアベマリア
第二夜　かくこうのドレミファ
第三夜　狸の子の長唄
第四夜　鷺のバレー
第五夜　野鼠の療治
第六夜　セロ弾き喜び泣く*11

というものだった。これをみると、賢治自身もある時点まで――おそらくは最終段階の推敲まぎわまで――はこの童話を教育的な成長物語、成熟の階梯をひとつ上る青年の物語として構想していたのではないかと思われる。それを雄弁に物語るのは、構成メモの最後に位置する、第七夜めの「セロ弾き喜び泣く」という記述である。動物たちに「教えられて」知らず知らずのうちにみずからの音楽的・性格的欠点を克服してゆき、演奏会の当日にすばらしい演奏を披露し大喝采をおさめて、「喜び泣く」という内容であったのだろう。推測するに、構想段階では、動物たちとのエピソードはすべて最終的には「喜び泣く」という作品の頂点に向かって奉仕する構造になっていたのである。

しかし、現存稿には「喜び泣く」の痕跡はない。そうした歓喜の身振りもなければ、「成長」の目的を成し遂げた安堵も、デクノボーの静かな笑いも存在しない。アンコールに応えるべく、はからずも舞台に押し出されてしまったゴーシュは、「どこまでひとをばかにするんだ。よし見てゐろ。印度の虎狩をひいてやるから」(233)とつぶやき、やぶれかぶれで演奏を始める。演奏が成功したのはあくまでも結果としての出来事にすぎない。それはゴーシュの抱いた攻撃性が、楽長の指摘する「感情といふものがさっぱり出ないんだ」という欠点を、そのときたまたま克服する結果になっただけのことなのだ。

そして周囲の反応に対してゴーシュは「こんやは変な晩だなあ」（234）と事後的に思うのみであり、他の楽団員にほめられても、「喜び泣く」様子はテキストから一切排除されている。さらに小屋に帰ってきたゴーシュは、「あゝかくこう。あのときはすまなかったなあ。おれは怒ったんぢゃなかったんだ」（234）という後悔に浸される。これを「改心」や「浄化」といったことばでとらえる根拠はどこにもない。予期せぬ成功のため生じた心の間隙にふと忍び込んだ自責の念、と単純に考えるべきだろう。

つまりゴーシュは、テキストのどの瞬間においても他者に切り刻まれた感情しか抱けないのであり、それ以外の超越的な存在や価値観に向けられた内省や独語はいっさい存在しないのである。

5

これに対応して、ゴーシュにとっての音楽、あるいはその演奏は、「芸術」というよりは他者からの多様な要求に応じる一連の「技法」の集合のごときものになり果てているということができよう。ゴーシュの演奏する音楽は、他者にほとんど物理的な効果をもたらすために用いられるさまざまな形をした道具であり、しかも基本的には演奏家自身が自分の演奏する音楽を聴くことができないという構造になっている。それを端的に示すのは、第一夜に訪れた猫をからかうため「嵐のやうな勢」で「印度の虎狩」を弾く際、「はんけちを引きさいてじぶんの耳の穴へぎっしりつめました」(222)という行為であろう。

ふつう、音楽は演奏しながらそれを自分の耳で一瞬の遅れを伴いながら聴くことによって成立するし、たとえば文章も、書きながら読むことの絶えざる繰り返しによって生成する。音楽であれ文学であれ、近代芸術の作者はこの一瞬の遅れを絶えず自己に回収する回路を前提として作品を産みだしてゆく。

ところがゴーシュは自分の演奏する音楽を聴こうとしない。第一夜では、猫が「印度の虎狩」を耳にして苦しむようすを視覚的に確かめることによって弓を動かしてゆく。第二夜のかっこうからゴーシュが期待されているものは「正確なドレミファ」というチューニング・マシンの役割であるし、第三夜の子狸とは「愉快な馬車屋」というジャズを合奏するが、逆に子狸から「ゴーシュさんはこの二番目の糸をひくときはきたいに遅れるねえ」（２２９）と指摘されて、ゴーシュは「いや、さうかもしれない」と悲しげに認める始末である。いやしくもプロの音楽家なら、自分の「耳」でとうに気づいていてよいはずの事実ではないだろうか。

こうした音楽の「道具性」がさらにあらわになるのは、第四夜の「子鼠の療治」のエピソードである。そもそも親鼠は最初から「音楽」を期待していない。子鼠の治療に必要なものは、弦を「ごうごうと鳴ら」すことであり、その振動によって「からだ中とても血のまはりがよくなって大へんいゝ気持ちですぐに療る方もあればうちへ帰ってから療る方もあります」（２３１）という事態である。

職業音楽家であるはずのゴーシュは、第一夜で「シューマンのトロメライをひいてごらんなさい。きいてあげますから」（222）と言って「音楽」を求めてきた猫をさんざんな目に合わせたのにひきかえ、今度の場合はあっけないほど素直に、「あゝさうか。おれのセロの音がごうごうひゞくと、それがあんまの代りになっておまへたちの病気がなほるといふのか。よし。わかったよ。やってやらう」（231）と簡単に承諾する。そして弓をとって弾いたのは、「何とかラプソディとかいふもの」であった。当時としては相当のレコード・コレクターであった宮澤賢治ならば、もう少し「治癒的」な曲目を選んで記すこともできたであろう。しかしこの場合も、「印度の虎狩」と同じく、曲の名前などどうでもよかったのであり、要は「ごうごうがあがあ」と空気を、部屋を、そして相手の鼓膜と身体を振動させることが目的だったのである。

最後の演奏会の夜にゴーシュが実現したものも、「音楽」とはいいがたい。動物たちに教わったさまざまな態度を総合して上達したのでもなければ、芸術に必要な精神を会得したのでもない。ゴーシュは自分を「ばか」にした（と彼には思われる）周囲に対して、第一夜の猫に対してしたのと同じ手段をもって復讐しようとしただけである。それはあくまで眼前の他者に対するための手段なのであり、実際的要求に刺激されたひとつの「技法」なのである。

だから四夜にわたる動物との交渉を統一的な解釈のもとに位置づけようとしても空しい。最後に位置する演奏会での演奏も、何ら特権的な性質を有していない。ゴーシュはいってみればテキストの中で、五つのたがいに不連続なプロセスをそれぞれ相互に異なった状況に応じて実行してみせただけなのだ。いや、五つのたがいに不連続な「できごと」を体験しただけといったほうがよいかもしれない。

そこには到達すべき「ほんとう」の演奏も、「ほんとう」の音楽も、「ほんとう」の生き方も提示されることがない。ゴーシュは水平に状況の中に突入し、仰向くことなく、いわば盲目のまま水平に状況から出ていく。成長することも成熟することもなく、ただ「できごと」だけが生起する世界がそこに開かれる。いきおいよく滑りだしたビリヤードの玉が偶然によって五個の玉とぶつかり、弾きまた弾き返される——ゴーシュの経験した時間はそのようなものである。そしてわたしたちは、他者とぶつかるときの乾いた、しかしよく鳴る「音」をこそ、この作品の中に聴き取るべきではないだろうか。

たがいに何の脈絡もない五つの衝突音が残響する中にこの作品はぷつりと途切れる。そこにはいつもの賢治的な心象ファンタジーやアニミスティックな世界像は生起しない。同時に、成長も成熟もせず、超越的な視点も欠いたままの主人公ゴーシュが「救済」される可能性もまた、はじめからおわりまで存在しない。救済が可能となるような枠組み自体がこの作品においては否定されているのである。

6

もちろん、こうした生がありうるとして、それを「幸福」なものと呼ぶことは決してできないだろう。超越的存在による救済も、幻想の中での他者との一体感も拒否した「セロ弾きのゴーシュ」が発信するのは、成長も発展もない世界の中で、偶然的な他者に切り刻まれてゆく「できごと」としての生を果てしなく反復せよ、というメッセージである。

こう考えるとき、作品の最後に近く楽長が誰にともなく言う「いや、からだが丈夫だからこんなこともできるよ。普通の人なら死んでしまふからな」(234)というセリフはとても示喚的に響く。ゴーシュのような生を反復することは弱者にはとうてい耐えうることではないし、もとよりそう書いたときの賢治自身、文字通り「死んでしまふ」直前であり、もはやどのような生のあり方も実現する時間を奪われていたからだ。

賢治の作品群に、銀河スケールにまで拡大された全体性や、鉱物にまでその声を聞きとるといった稀有な生命感覚が満ちていることはたしかである。それがなければ今日これほど喧伝されることはないだろう。一見、そうした賢治的豊饒をいっさい喪失したかにみえる作品「セロ弾きのゴーシュ」には、しかし、それが提示する生の苛酷さとはうらはらに、一種の晴れやかさとよどみのなさ、そして力強い肯定感が存在するのもまた事実なのである。*12

草稿研究によれば、「セロ弾きのゴーシュ」と「銀河鉄道の夜」の最終的な手入れは晩年のほぼ同時期と断定できるようだ。*13 長年の推敲の苦闘を経た「銀河鉄道の夜」における挫折を確認したあと、賢治はすぐに「セロ弾きのゴーシュ」の原稿に取りかかったのではないか。時間があまり残っていないことはわかっていただろう。ずっと温めていた「セロ弾き喜び泣く」のアイデアをぎりぎりで放棄し、ひといきに現在の冒頭と最後の演奏会の晩のシーンを書き加え、強引に現存稿の形にもっていったのではないかと推測する。*14

それは同時に、「ほんとう」を希求する超越論的な態度を捨て、「ふたり」の幻想的共同体を捨て、銀河のスケールまで拡大されても究極的には閉じている心象コロイド空間（前章「コロイド空間の行方」を参照）を捨てることだった。そして何よりも、もはや動けなくなった病床において、賢治は、他者への意識と宗教的な理念のあいだで引き裂かれ、「癈躯」（「雨ニモマケズ手帳」）として残った生を、「救済」の枠組みを否定することで突き放し、そのことによって逆説的にそのまま肯定しようとしたように思われる。

「ほんたう」のもの、いつまでも自分と一緒にいてくれる同行者をもとめて銀河の中を旅した少年は、そこから弾き返されて地上に降り立った。それから少年がどういう生をたどったのかは、誰も知らない。しかし、おそらくは跛行的だった生の終点に臨んで、他者に刻まれた足どりをそのままに肯定する「ひらかれた貧しさ」とでも言うべきものが、「セロ弾きのゴーシュ」には実現されている。

＊1　山田兼士「「セロ弾きのゴーシュ」再説」『宮沢賢治』第十三号、洋々社、一九九五年、八二頁。

＊2　重松泰雄「セロ弾きのゴーシュ　〈慢〉という病の浄化」『國文学　解釈と教材の研究』學燈社、昭和五七年二月号、一〇二頁。

＊3　萬田務「「セロ弾きのゴーシュ」攷」『作品論　宮沢賢治』、双文社出版、一九八四年、三三〇頁。

＊4　山中康裕「人格の成熟と変化」『岩波講座　精神の科学2　パーソナリティ』岩波書店、一九八三年。「実は、ゴーシュは、治療者、それも医師なり心理臨床家なりになって数年目くらいの、まだ研修中の治療者の卵についての見事な例なのである」。一〇〇頁。

＊5　もちろんすべての論者がこの童話を「成長と成熟の物語」と読んでいるわけではなく、小文の立場に近い読みの論もあり、参考とした。

池上雄三はゴーシュの「成功物語」という見方に疑問を呈し、動物との交渉を検討したあと、次のように書いている。「このままではゴーシュの腕は上達しそうにない。また、ゴーシュは、自分を頼ってくる動物たちに親切を尽したわけではないし、動物たちも野ねずみのように感謝の気持ちを持って帰るのは例外であり、かっこうなどはすっかり怯え切っている。ここには未来の成功を感じさせるものがどうも見あたらないように思われる」「むしろ、ゴーシュの感情のうねりを生々しく描くところに、この作品の特色があると私は思う。賢治にとって大事だったのは、物語の最後のゴーシュの一言、巧まずして出た一言、「あゝくわ《ママ》くこう。あのときはすまなかったなあ。おれは怒ったんじゃなかったんだ」を書くことだったろう」（『國文學　解釈と教材の研究』學燈社、昭和六一年五月臨時増刊号、一四〇―一四一頁）。

また坪井秀人もこの童話を単純な成功物語と見なすことはできないとして、次のように述べる。「水を飲んで（＝汗水垂らして）練習すればするほど彼の音楽は願われた音楽から遠ざかっていってしまう。ゴーシュのそのような愚かさを読者が微笑ましく受け入れたとき、一見平易な物語に奥行きがあらわれてくるのではないか。望むならその愚かさをデクノボウと言い換えても構わないだろう。いずれにしても大人たちの啓蒙主義的な思惑が外れたところにこそこの作品の魅力も見えてくるのではないか」(『國文學　解釈と教材の研究』學燈社、平成十五年二月臨時増刊号、一〇四頁)。

＊6　『新修宮沢賢治全集』第十二巻(筑摩書房、一九八〇年)の解説、三四一頁。

＊7　草稿の調査から、「銀河鉄道の夜」「風の又三郎」「セロ弾きのゴーシュ」の三篇が、賢治晩年のある時期にあいついで手入れされたことがわかっている。『新校本宮澤賢治全集』第十一巻校異篇(筑摩書房、一九九六年)二八六頁参照。

＊8　『新校本宮澤賢治全集』第十一巻本文篇(筑摩書房、一九九六年)一六五頁。ただしこの部分の引用は見やすさを考慮して行を分けた。なお、以下の本文では、新校本全集第十一巻本文篇からの引用はすべてページ数のみを( )の中に入れることによって示す。

＊9　見田宗介『宮沢賢治　存在の祭りの中へ』岩波書店、一九八四年、第二章。

＊10　『新校本宮澤賢治全集』第十巻本文篇(筑摩書房、一九九五年)一七四―五頁。

＊11　『新校本全集』第十一巻校異篇、二八三頁。このメモはその後書き加えや訂正を施され、「第六夜」は「第七夜」になるが、「セロ弾き喜び泣く」は変更されていない。

＊12　一方で次のような見解もある。「彼の(完成された時期をとると)最後の童話である「セロ弾きのゴーシュ」が本質的にはドタバタ喜劇と言ってもいいものであることは、私たちをほっとさせる。賢治は死の床の苦痛のなかでもユーモアを棄てようとしなかった」(矢幡洋『【賢治】の心理学　献身という病理』彩流社、一九九六年、一九六頁)。小文で記した「晴れやかさ」は、矢幡が「ドタバタ喜劇」と表現するものをちがう角度

から見たものと言っていいかもしれない。この作品の肯定感はたしかに読者をして「ほっとさせる」ものを含んでいる。近年の注目すべきゴーシュ論である安藤恭子の論も、この童話の「肯定」「解放」を語っている「宮沢賢治「セロ弾きのゴーシュ」論——脱コード化する〈世界〉」(『国文学 解釈と鑑賞』至文堂、二〇〇六年九月号)。

また、「晴れやかさ」や肯定感がこの「セロ弾き」以外の賢治の作品に皆無なのかといえば、もちろんそんなことはない。この童話は、賢治がもっていた資質のひとつ——それは本書のIで述べた「心象コロイド空間」に対立し、それと相容れないもの——が最後に露頭したものと見ることもできる。

＊13 ＊7の資料を参照。

＊14 同じく『新校本全集』校異篇によれば、エピソードの執筆順はおおよそ親子ねずみ↓猫↓かっこう前半部であり、最後に冒頭と演奏会の夜の場面の執筆がなされ、同時にかっこう後半部と狸のエピソードが書き下ろされ、全体の並べかえが行われたものと推測される。

Ⅲ

山路と夕映

讃美歌の日本的選択をめぐる覚え書

1

讃美歌は伝道の手段ではなかった。
わたしたちのもとに新しい「うた」が届けられたとき、わたしたちはその「うた」を「おしへ」と区別することはなかったし、そんな器用なことはできなかった。
内村鑑三は書いている。

讃美歌は必しも神を讃美するの歌にあらず……〔中略〕……基督信徒の喜怒哀楽は総てその讃美歌に現はる、故に余は之を定義に附して基督信徒の霊魂の詞《ことば》となせり、蓋しこれ其最も明細なる定義と信ずればなり。*1

（「余の特愛の讃美歌」明治三五年）

また書く。

基督教は歓喜の宗教なり、歓喜の宗教は讃美の宗教なり、讃美なくして基督教あるなし。基督教其物を一大讃美歌と見て可なり。[*2]（同）

讃美歌がキリスト教そのものであるなら、ひとが「おしへ」を受け入れたとき、どうして「うた」を選択することなどできるだろうか。また安田寛があきらかにしたように、[*3]讃美歌こそが明治の「小学唱歌」を産みだしたのであるなら、すなわち近代日本の「うた」の感受性を作ったのであるなら、どうして現在のわたしたちが讃美歌を受け入れた主体を無垢なまま析出できるだろうか。

讃美歌における「日本的選択」を画定しようとする試みは、図の形からそれが描かれたカンバス地の質を探ろうとしながら、知らぬまに図と地が反転しているのではないかというおそれが絶えずつきまとう作業となるだろう。

2

自由民権運動の闘士として知られる福田英子（一八六五―一九二七）には、一九〇四（明治三七）年に発表して世評を得た『妾の半生涯』とは別に、その半生涯を虚構に再構成した小説『わらはの思出』（明治三八年）がある。

青年たちがしばしばもちいた語が、頭をかきむしる「煩悶」であったのに対して、福田英子の文章の主人公が愛用したのは身をよじる「苦悶」の語であった。生みの親とは幼少に別れ、養ってくれた伯父の家は破産した。学を絶たれ、独立もかなわず、恋も破れた。ただひとり残っていた兄が死に、頼りにしていた恩師もこの世を去ってしまう。どうしてこんな悲惨な目にあってまで生きていなければならないのか。

気づくと夏の夜の川辺に佇《たた》っている。入水せんとて淵をにらんだ瞬間、「うた」が聞こえてくる。
すると天籟《てんらい》の声かと聞かるゝばかりの、美くしく優しい音が朗々として耳に入《いつ》てきたのでありました、が其声は次第に近付いて、終にはそれが何かの歌であるといふ事が、朧《おぼろ》なる心にも解つて来ると共に、一種の霊感に触《ふれ》たように耳を欹《そばだ》てたのです。*4

歌っているのは二人の女学生らしい。絶望した女主人公に気付かぬまま何か私語したあと、ふたたび歌いはじめる。「濁《にごつ》た胸をも透す様な清い声で」。

いつくしみふかき　主《しゅ》の手にひかれて
このよのたびぢを　歩むぞうれしき
いつくしみふかき　主のともとなりて
御手《みて》にひかれつゝ　天《あめ》にのぼり行かん

……〔中略〕……

ゆきなやむ坂も　おづべき谷間も
主の手にすがりて　やすけくすぎまし*5
（明治三六年版『讃美歌』第二二三）

苦悶はなはだしい女主人公の耳には、「揺籃《えうらん》に於る慈母の守謡《もりうた》」のように「うた」が響く。知らず知らずのうちに茫然と後をついていくうち、ある家に入ってしまう。

やがて玲瓏《れいろう》たる楽器の音が起ると、それに連《つれ》て和《やは》らかな気に満ちた讃美歌の声が湧《わい》て、仮令《たとえば》天国の音《おん》とも妾の胸には響いたのです。*6

そこではっと気づくと「之は是れ基督《クリスト》教の教会じや御座いませんか」というのは、やや都合のよすぎる運びと思われよう。しかしこの文章は、讃美歌と出会う際のひとつの定型、典型的な「聞こえ方」を、フィクションだからこそ逆にあざやかに提示しているということができる。

「苦悶」する主体のもとに不意に匿名の声が聞こえてくるということ。また、いったん囲い込まれた場に入れば、声が「湧く」というあり方で聞こえてくるということ。

そして、引用された讃美歌が、「たびぢを歩む」「のぼり行かん」という語句を伴っていること。

3

よく知られているように、もっとも早い二編の日本語讃美歌の記録は一八七二(明治五)年九月、横浜で開かれた第一回宣教師会議にさかのぼる。

外国人宣教師がはじめて日本語に翻訳する二編を選ぶ際に、どういう基準が働いたのだろうか。中村理平は、その理由を「不明」としながらも、「当時この讃美歌がアメリカでも非常に好まれていたこと、日本の日曜学校などでも盛んに歌われていたこと、初めてのものにも歌いやすい旋律であることなど」が主たる理由であったろうと推測している。[*7] 初期設定の力学がどうあれ、最初に日本語に訳されたわずか二編の讃美歌は、それ以降わたしたちの「うた」の風景を陰に陽に創りだす胚種の役割を果たした。

そのひとつは後の童謡「しゃぼん玉」によく似たメロディーをもつ「主われを愛す」"Jesus loves me"であった。

エスワレヲ愛シマス、サウ聖書中シマス、彼レニ子供中、信スレハ属ス、ハイエス愛ス、ハイエス愛ス、○サウ聖書中ス、[*8]

このたどたどしい歌詞はたちまち何度もの改訂を経て、「やがて日本の信者のあいだでもっとも愛唱される讃美歌」[*9] になっていった。山田耕筰の音楽体験の原点となり、複数の「関西弁」バージョンが伝えられる。笹淵友一は昭和六年版『讃美歌』の訳――そののち長く歌われた訳――を引き、それを原詩とくらべて、「文学的に無価値であったものが邦訳によって原作よりは優れたものになったもの」の例として挙げる。[*10]

その一方、改訳の過程で「エスワレヲ愛シマス」の「エス」という固有名詞はしだいに「主《しゆ》」に替り、「主われを愛す／主は強ければ……」になっていった。讃美歌の歌詞にあふれる「主」は、国民国家の形成過程で、容易に「天皇」に読み替えられうる。ふたたび中村理平の指摘によれば、外来の神をたたえるはずの讃美歌を、些少な歌詞の変更を通して、天皇への帰依と服従とを誓わせる教育手段として採用することを明治政府はひそかに考えていたのではないかという。[*11]

もうひとつの讃美歌は、“There is a Happy Land”の日本語訳であった。

ヨキ土地アリマス、タイソフ遠方、尊者栄華ニ立ツ、日出ノヤフ、アゝ カレウマク、主救者ホメル、名挙ケ高ク、賛美セヨ、[*12]

ここではないどこかに理想郷を夢みる発想は、時代や文化を越えた普遍性をもったものだろう。しかし、わたしたちが「タイソフ遠方」と歌ったとき、火山列島の地勢のしからしむるところ、視線は完全な水平でもなく完全な垂直でもなく、やや上方に仰向いた方向、すなわち山々への視線とその向うへ馳せる想像力となる。

明治年間の讃美歌改訂の過程において、「ヨキ土地アリマス、タイソフ遠方」は、いつしか「あまつくに〻　すむたみ」(明治十九年版『譜付 基督教聖歌集』第二三五)、「たのしきくに てんにあり」(明治二一年版『新撰讃美歌』第二四三)、「あまつみくには　たのしきぞ」(明治三六年版『讃美歌』第三五一)となり、「てん」や「あまつみくに」という垂直の方向を堅持する訳が取られるようになった。これにはわたしたちの風土に潜む「神神の微笑」(芥川龍之介)の力をひそかに怖れた讃美歌編纂者たちの意識的・無意識的な抵抗があったのかもしれない。しかし、この日本最初の讃美歌のひとつ"Happy Land"の試訳で示唆された方向感覚は、それ以前のわたしたちの宗教的感覚のなにほどかを受け継ぎ、ここを中継点として、以後の「うた」の風景に反響していった。

4

「遠方」に「よい国」があるという語句が、"Happy Land"の訳から洗練の名のもとに消されていくかたわら、一九〇三（明治三六）年には上田敏が『海潮音』（明治三八年）に収録されるカール・ブッセの詩を訳出する。「山のあなたの空遠く／「幸」住むと人のいふ」という人口に膾炙した一句は、ほとんど「ヨキ土地アリマス、タイソフ遠方」の言い換えであるようにみえるのは偶然だろうか。

上田敏がカール・ブッセの詩を訳出した同じ年、同志社英学校に学び、郷里・松山で勤労教育の先駆的な活動をおこないつつあった一人の青年が、冬の夜の山道をたどりながら、愛唱するアメリカの讃美歌のメロディーにあわせて即興の詩を口ずさんだ。それがおりしも編纂中だった共通讃美歌集（明治三六年）の第四〇九に採用される。愛媛県の法華津峠には、作詞した西村清雄《にしむらすがお》（一八七一―一九六四）の歌碑が立つという。

やまぢこえて　ひとりゆけど
主の手にすがれる　身はやすけし
まつのあらし　たにのながれ
みつかひのうたも　かくやありなん
みねのゆきと　こゝろきよく
くもなきみそらと　むねは澄みぬ
みちけはしく　ゆくてとほし
こゝろざすかたに　いつかつくらん

されども主よ　ねぎまつらじ
たびぢのをはりの　ちかゝれとは
日もくれなば　石のまくら
かりねのゆめにも　みくにしのばん[*13]

菅谷規矩雄は「曲をはなれて、詩として読んでも、じつに美しいものである」といい、「和歌的な道行の叙景様式をかりることにより、〈旅〉の主題を、伝統的な美意識の上限で定型化し、それをあらためてキリスト教的な理念の〈喩〉にみちびくことが、ここではこころみられている」と述べる。[*14] 第二連に見られる仏教的な自然観照（「渓声渓色、山色山声、ともに八万四千偈ををしまざるなり」——道元）を含むこの讃美歌は、原曲の"Golden Hill"が日本的五音階で作られた清廉な印象の旋律だったこととあいまって、まさに「日本的」な讃美歌の名に恥じない流行をみた。

「主の手にすがって山路を歩む」というモチーフは、さきに引いた福田英子『わらはの思出』の中で「天籟」のように降ってくる讃美歌（原曲"He leadeth me"）とほとんど同一である。山道をひとりで歩くとき、「むねは澄みぬ」という清めの感覚とともに青年の胸中に湧いてくる即興の「うた」は、明治の中期から後期にかけて見え隠れするひとつの感受性の水脈を露頭させている。

西村清雄が夜の山道をたどって十年もしないうちに、今度はひとりの青年歌人が讃美歌をくちずさみながら野山を歩きつづける。

麦畑の夏の白昼《まひる》のさびしさや讃美歌低くくちびるに出づ　（若山牧水『別離』明治四三年）

牧水が低く口ずさんだ讃美歌は何であったろうか。それが西村清雄の「山路越えて」でなかった、とはいいきれない。

幾山河越えさり行かば寂しさの果てなむ國ぞ今日も旅ゆく
いざ行かむ行きてまだ見ぬ山を見むこのさびしさに君は耐ふるや

山ねむる山のふもとに海ねむるかなしき春の國を旅ゆく*15

（すべて『別離』より）

明治四〇年代初頭に作られた牧水のこうした代表作が、「讃美歌低くくちびるに」うたいながら作られたものと考えることは、今なお愛誦される牧水の歌にひとつの接線を投げかける。たしかに明治の「煩悶青年」の系譜を引いて「さびしさ」を連発する牧水に、西村清雄の「身はやすけし」の詞句はみられない。だが西村にも「されども主よ／ねぎまつらじ／たびぢのをはりの／ちかゝれとは」と歌う浪漫的な意気がないわけではなかった。青年がひとり山路を歩む、という主題において、両者は「うた」の風景をたしかに共有しているといってよいだろう。

聖書と深い黙契を交わしていた太宰治は、一九四二（昭和十七）年に『正義と微笑』という小説を書いている。聖書の文言をちりばめんがために書かれたようなこの青春小説の冒頭に、エピグラフとして太宰の選んだ讃美歌が、「わがあしかよわく けはしき山路」ではじまる明治三六年版『讃美歌』第一五九であったのも、わたしたちのたどった「うた」の風景からみればあながち不思議ではない。

5

植村正久（一八五八―一九二五）は一八八七（明治二〇）年、『女學雑誌』に「ブラウン女史の詠歌」という題でひとつの讃美歌の由来を記し、その試訳を発表した。[*16] ブラウン女史Mrs. P. H. Brownは、植村が学んだ「ブラウン塾」の開設者Samuel Robins Brown（一八一〇―一八八〇）の母にあたる。恩師の母親が作詞したせいか、彼は集会のとき、「ブラウン女史の詠歌」"I love to steal awhile away"を歌わせることが多かったという。そしてみずから訳したその歌詞は、「八六の調を其のまゝに訳したれば字句雅馴なるを得ず読者之を諒とせよ」と謙遜しながらも、明治二三年版『新撰讃美歌』の第四「礼拝　夕」に収められた。

ゆふぐれしづかに　いのりせんとて

よのわづらひより　しばしのがる
かみよりほかには　きくものなき
木かげにひれふし　つみをくいぬ

すぎこしめぐみを　おもひつぐけ
いよゝゆくすゑの　さちをぞねがふ

うれひもなやみも　わがみかみに
まかすることをぞ　よろこびとせん

身にしみわたれる　ゆふぐれどきの
えならぬけしきを　いかでわすれん

このよのつとめの　をはらんその日
いまはのときにも　かくてあらなん[*17]

『新撰讃美歌』において、「礼拝　朝」の歌が三つであるのに対して、「礼拝　夕」の歌は六を数える。明治三六年版『讃美歌』において「朝」は五、「夕」は十一を数える。この傾向はその後の讃美歌編纂においてむしろ拡大されていく。教会運営上の実際的な要請もあるにせよ、礼拝の讃美歌において「夕」がつねに「朝」「昼」を数の上で圧倒していることは注目に値する。『新撰讃美歌』の「夕」のうちにあって、植村の訳したこの讃美歌はたしかにもっとも鮮明な語彙の映像を有しており、『文学界』周辺の青年に浸透するのに時間はかからなかった。一八九一（明治二四）年にフェリス女学校に入学した相馬黒光《そうまこっこう》の自伝『黙移』には、夕ぐれにこの歌をうたいながら涙する印象的な一節が見える。

島崎藤村がこの植村訳に触発されて「逃げ水」（初出『文学界』四六号、明治二九年。のちに「ゆふぐれしづかに」と改題）という詩を書いたことは、よく知られた影響として何人もの論者が言及している。ふたたび菅谷規矩雄のことばを借りれば、それは「まぎれもなく剽窃に類するもの」「一種のパロディー」[*18]と見られてもしかたのないものであった。

影響、ということばから離れよう。ここで「ゆふぐれしづかに」のかたわらに置いてみたいのは、たとえば伊東静雄の「夕映」という詩である。

わが窓にとどく夕映は
村の十字路とそのほとりの
小さい石の祠《ほこら》の上に一際かがやく
そしてこのひとときを其処にむれる
幼い者らと
白いどくだみの花が
明るいひかりの中にある
首のとれたあの石像と殆ど同じ背丈の子らの群
けふもかれらの或る者は
地蔵の足許に野の花をならべ

或る者は形ばかりに刻まれたその肩や手を
つついたり擦《こす》つたりして遊んでゐるのだ
めいめいの家族の目から放たれて
あそこに行はれる日日のかはいい祝祭
そしてわたしもまた
夕毎《ゆふごと》にやつと活計からのがれて
この窓べに文字をつづる
ねがはくはこのわが行ひも
あゝせめてはあのやうな小さい祝祭であれよ
仮令それが痛みからのものであつても
また悔いと実りのない憧れからの
たつたひとりのものであつたにしても[*19]

（詩集『反響』昭和二二年）

あかあかとした落日に対面するのではない。夕陽の反映が、あたりの風景を低い角度から燃えあがらせる時間。繁忙な日中の時間が終わって夕映の時間が来たとき、「よのわづらひよりしばしのがる」、あるいは「やつと活計からのがれ」る。ひとりになってすることは、ブラウン女史＝植村正久の場合はもちろん「いのり」であり、伊東静雄の「わが行ひ」は「窓べに文字をつづる」ことであった。詩を書くことはあくまで世俗の営為にちがいない。しかし鳥瞰的な位置に立つとき、両者の風景は何と類似してみえることだろう。

夕暮れの残照は昼の見慣れた風景を一瞬のあいだ特権的な時間に変える。「身にしみわたれる」「えならぬけしき」があらわれる。「いまはのとき」ではないにせよ、早い晩年を予感したかのような詩人の視界に、村の十字路の地蔵堂のほとりで戯れる子供達の光景と、「白いどくだみの花」の輪郭がこの世ならぬあざやかさで迫ってくる。

そして詩人もひとり祈る。たとえ家族が背後にいようと、子供たちの声が聞こえてこようと、彼は「たつたひとり」だ。伊東静雄は「かみよりほかには　きくものなき」と書くことはなかった。では誰に、あるいは何に祈っているのだろう。「わが行ひ」が「小さい祝祭」であれ、と願うささやかな祈りを？

「夕映」の祈りは、それが世俗のものであるにもかかわらず、繰り返しえない一回性のもとにおいて植村の訳した讃美歌と拮抗するものとなるだろう。しかしそれが、外来の普遍宗教が掃討するはずの村の祠と、そこに遊ぶ子供たちに触発されて祈られたとき、「うた」の風景をめぐるひとつの感受性の円環が閉じられる。讃美歌がわたしたちにもたらした図と、それが描かれた地を見定めようとして、いつしか地と図の区別がつかない場所に立っていることに気づくのである。

6

山中他界観や山中浄土観といった伝統的な宗教感覚が「山路」の讃美歌を呼び寄せたと考えることは可能であるし、また夕映をめぐる讃美歌にしても、より普遍的な「落日の悲哀美」[*20]の系譜を遡及する手だてが残っている。しかし、イメージを選択するわたしたちの「近代」的な感受性そのものが、すでに何ほどか明治期のプロテスタンティズムの受容[illegible]に成立して[illegible]

まっている以上、素朴な受容−影響論では片づけられないものが讃美歌の選択の問題には存している。

一九九七年、日本基督教団讃美歌委員会は約四〇年ぶりに讃美歌集を大幅に改訂し、『讃美歌21』を出版した。この『讃美歌21』はこれまでの日本における讃美歌の伝統を大きく切断しようとする姿勢をみせている。あいまいなままにされてきた侵略戦争加担への反省、アジア諸国との連帯の必要、またエキュメニカルな運動の進展といった内外の動きが「まえがき」に述べられる改訂の理由であるが、その文中に、これまで使われてきた一九五四年版『讃美歌』を批判して、「個人的、主観的、情緒的な賛美歌が多いこと」と記した箇所がある。[*21]

時代状況の中で、ときに信仰者をつまづかせる石となった「個人的、主観的、情緒的」と呼ばれる側面こそ、また同時に、近代日本を生きた多様な個人の生活に讃美歌を浸透させた血漿成分であったといってよいだろう。

文語歌詞の撤廃を含んだ『讃美歌21』が、「情緒的」な選択を可能にしたこれまでの讃美歌群から離脱しようとする意志を示し、また眼を転じれば各種音楽メディアの膨張によってかつてないほど大量の「うた」が消費されつつある今日、讃美歌が今後これまでのような形でわたしたちの感受性の水脈を形成することは、おそらく、ありえないだろう。新しい讃美歌群は、今後わたしたちの生活の中で、これまでとは違った形での感受性のネットワークを形成する機会をもつだろうか。それとも、形成しえないことこそ神を讃美するうたの純粋性のあかし、ということになるだろうか。

＊1　『内村鑑三全集』第十巻（岩波書店、一九八〇年）、一二八頁。
＊2　同右。一二九頁。
＊3　安田寛『唱歌と十字架　明治音楽事始め』音楽之友社、一九九三年。
＊4　『明治文学全集』第八四巻「明治社会主義文学集（二）」、筑摩書房、昭和四〇年、三九頁。
＊5　引用は手代木俊一監修『明治期讃美歌・聖歌集成』第二五巻（大空社、一九九六年）に拠った。
＊6　註4の資料、四〇頁。
＊7　中村理平『キリスト教と日本の音楽』大空社、一九九六年、三八六頁。
＊8　尾崎安編『近代日本キリスト教文学全集一五　讃美歌集』教文館、一九八二年、一一頁。この書の尾崎安による「解説」に小文は多くを負っている。

＊9　安田前掲書、九二頁。

＊10　笹淵友一『浪漫主義文学の誕生』明治書院、昭和三三年、四二七頁。

＊11　中村前掲書、五七四頁。

＊12　註8の文献、同頁。

＊13　引用は註5に挙げた資料に拠った。

＊14　菅谷規矩雄『詩的リズム　音数律に関するノート』大和書房、一九七五年、九一頁。菅谷規矩雄は幼い日に母から聞き覚えたこの歌の印象を「くらく不透明なもの」とし、その原因を「リズムの土俗化」による定型性の分解に求める議論を展開するのだが、後年は「もっぱらお題目」を唱えていたという菅谷の母親が知っていたふたつの讃美歌のうちのひとつだったということ自体、この讃美歌の大衆性をあかしている。

＊15　牧水の引用はすべて『日本近代文学大系』第十七巻「与謝野晶子・若山牧水・窪田空穂集」角川書店、昭和四六年、に拠る。

＊16　佐波亘編『植村正久と其の時代』第四巻、教文社、昭和十三年初版、昭和四一年復刻発行（第三章「讃美歌に関する資料」）三九五―三九七頁。

＊17　引用は新日本古典文学大系明治篇一二『新体詩　聖書　讃美歌』（岩波書店、二〇〇一年）の三七〇―三七二頁に拠った。

＊18　菅谷前掲書、一三四頁。

＊19　『定本伊東靜雄全集』（全一巻）、人文書院、昭和四六年、一一二―一一三頁。引用に際して正漢字を現行の字体に変えた箇所がある。

＊20　山折哲雄「落日論」（『暮しのなかの祈り』岩波書店、一九九八年、所収）。

*21　『讃美歌21』日本基督教団出版局、一九九七年、vi頁。

*参考文献附記

註に示した他に、以下の文献を参考にした。

・戸田義夫・永藤武編著『日本人と讃美歌』桜楓社、一九七八年。

・日本基督教団讃美歌委員会「『讃美歌』の歴史における私たちの責任」(『礼拝と音楽』87所収、日本基督教団出版局、一九九五年)。

・坂田寛夫『讃美歌 こころの詩《うた》』日本基督教団出版局、一九九八年(小文で扱った「山べ」「夕べ」の主題に関しても言及されている)。

・安田寛『「唱歌」という奇跡 十二の物語』文春新書、二〇〇三年(「シャボン玉」と「主われを愛す」の関係について詳しい。安田氏は、前者は後者の「生まれ変わりである」と表現する)。

Ⅳ　ことばで織られた都市

ことばで織られた都市

ことばでひとつの街を作ることができたら——これはある時代やある流派に限られた発想だろうか。日本近代文学の作品ですぐに思い浮かぶ佐藤春夫の「美しい町」や朔太郎の「猫街」ならば、大正期のユートピア願望の気圏に含まれるものと言えるだろう。しかしもし、何らかの形で「ことばによって架空の街や都市を創造しようとした作品」を時代や文化を超えてさがすなら、それはおそらく手を付けがたいほどの膨大な数にのぼるにちがいない。規模はともあれ、言語で都市を創造すること、それは詩人ならば誰しもが夢みる永遠の宿題である。

窓から檳榔樹《びんろうじゅ》が見える図書室には
つめたい水をいつも溢れさせている
きらきらした大理石の水盤があって
ときどき顔をあげると
その水のしたたりがふと
チレニア海の波のざわめきにきこえる
ヒヨドリやツグミの声とともに起きだし
湖水をわたってくる風にふかれて窓辺で過す
黄金色の午前
重い四つ折り本の埃のにおいを嗅ぎながら
考えるのは
海の泡からうまれたほっそりした女神や

夕立ちと一緒に下りてくる影の軍隊のこと
寺院の木材で船をつくり
女の髪の毛でロープを撚《よ》ってローマと戦い
亡んでいったカルタゴのひとびと
壁も床も黒ずんだこの木造の図書室には
まるで香木でも焚きしめたような
不思議なにおいが漂っていて
ついうとうととまどろんでしまう
正午になったら本を返し
湖岸へ下りてゆく細い道をぬけて
君の家に昼食をよばれにゆこう

（松浦寿輝「休暇」）

この詩の舞台は日本らしくはないにせよ、どこか特定の外国の町を指定しているわけでもない。窓からは「檳榔樹」がみえるというのだから、この図書室のある場所は海に近い東南アジアのどこかとも一瞬思うのだが、詩全体から連想されるのはヨーロッパらしいイメージである。もちろんアジアにいて古代ローマに思いをはせても何も悪いところはないけれども、三行目に「大理石の水盤」が登場し、つづいて「チレニア海」だの「四つ折りの本」だの「カルタゴのひとびと」などという語が読者を『ambarvalia』の西脇順三郎に通じる「地中海幻想」へ連れ去ってゆく。わたしたちはヨーロッパ的な架空の都市が好きだ。ひとむかし前までのアニメーションでよく舞台となっている。詩の中で知的な青年が優雅な休暇を過ごしているのは「都市」というより湖水からの涼しい風が吹き渡る避暑地らしく思われるが、木造の図書室には古色がついているというのだから、それなりの歴史のある町らしく想像される。

日本人が好きな都市のイメージに、古代中国の都市国家というものもある。これもしばしばアニメーションやマンガの舞台になっていることは言うまでもない。中央アジアの砂漠のなかに埋もれた都市、シルクロード沿いのオアシスといったイメージも、わたしたちに架空の都市を構築させる格好の材料を提供する。今では主な情報源はテレビ番組だろうが、たとえば宮澤賢治の西域への夢を培ったのはヘディンやスタインの探検記であった（金子民雄『宮沢賢治と西域幻想』）。賢治の「学者アラムハラドの見た着物」や「雁の童子」などの西域ものを虚構都市の童話として読むことができるだろう。そもそも賢治は岩手県をそのままイーハトーヴォという仮想国家に仕立てた一級言語都市建築士だが、西域に関してはうわてがいる。生来の資質であった地理的想像力を多文化の複合した植民都市の空気によって培養し、言語へのたぐいまれな偏執によって軽々と幻想の都市を打ち立てて見せる詩人に安西冬衛がいた。

地球上のあらゆる王立圖書館に備へられてゐる凡そ精密を極めた地圖の、そのいづれにも記載されてゐない「蟻走痒感」という府《まち》が、極央亞細亞の地下に埋藏されてゐる。

一九＊＊年、蜃博士の率いる華氏財團邊疆辨理公司鐵路建設局臨時調査部隊が、道を天山北路にとり、大戰前ひとたび白耳義シンジケートに依つて規畫された中央亜細亜横斷鐵道豫定線（海蘭鐵路を露領トルキスタン線に接續するもの）再調査のため、伊犂を中心に、主として伊犂九域並びにその背後地の物資集散情況を蒐集中、偶通譯の事に從つた回教纏頭から、驚くべきこの死都《ネクロポリス》の祕密が漏らされたのである。

（安西冬衛「蟻走痒感」冒頭）

大連で満鉄に勤めた経験のある安西冬衛にとって、幻想を結晶させる核として中央アジアに走る鉄路をイメージするのは不思議ではない。

砂漠に埋まった類例のない「死都」遺跡発見のニュースは世界を駆けめぐる。ものものしい漢字の羅列は視覚的に詩行を蟻そのものの行進のように感じさせ、またそれは同時に大仰で形式張った軍事的文書――詩人がいた大連は軍港都市であった――を髣髴とさせる。
蜃博士はかつて幻のように存在していた古代都市国家「蟻走痒感」の事情を作品の語り手に断片的に語る。だいたいこの「蜃博士」があやしい。「蜃」はもちろん蜃気楼の「蜃」であり、それは海上や砂上に幻影の市をつむぐ幻獣――大蛤とも龍の一種とも――を指す字なのである。

蟻走痒感府の推定位置は、伊犂河系を中心とする概算八十乃至八十三度、四十三乃至四十五度の經緯を劃する沖積世土壤の内部である。

所在の人民は悉く青斑を帯びた白色陶質の皮膚を有つてゐる。

木火土金水、そのいづれに對しても彼等は *immortal* である。

只蟻酸 *formic acid* には全然抗力を有しない。

卽ち酸の蝕は、彼等の死に他ならない。

蟻に關する夥しいタブー。

蟻と組織を一にするその社會制度。

卽ち彼等の統治者——汗《カン》は *female* である。

汗は青斑の多寡、そのいづれかの最なるものを交番に制めてゐる。

〔後略〕

皮膚の下を蟻が這うような感覚に襲われることが「蟻走感」であり、更年期障害や薬物依存の離脱症状の際にみられるという。安西冬衛がそういった症状を患ったかどうかは詳らかではないが、おそらく「蟻走痒感」という語そのものが安西冬衛のイマジネーションを刺激したのだろう。いったん増殖をはじめた言語的連想は加速度的に人工都市国家を形成しはじめるが、その連想の速度は都市の具体的外形やインフラストラクチャーを描写するのはもどかしいと言わんばかりに、いきおい人民の特質と制度に傾く。「白色陶質」の肌をもち、強靭な生命力をもつが、ただ蟻酸にだけは致命的な弱点を有するという民族のつくるこの都市国家を何かの隠喩と考えるべきか。冬衛の詩に独特な慇懃な荒唐無稽さを楽しんでおけばよいといえばそれまでだが、この作品の場合はそのユーモアが何かを揶揄しているのではないかと考えたくもなるし、一方でまた躁的ともいえる奔放な言語連想の背後には巨大な不安感が存しているのではないかと邪推したくもなる。安西が文学的出発をした大連は「歴史的に政治的にも、ロシア、日本、中国という三つの民族による渦巻き状の葛藤の中心地として」(川村湊)形成されてきた都市だった。その葛藤と緊張がモダニズム的実験を通過して屈折したかたちで表出されているとしてもあながち誤りではないだろう。

そもそも大連の位置した「満州国」そのものが理想と野望が軋みをあげる短命な人工国家であった。研究者は満州国の総体を頭が獅子、胴が羊、尾が龍という怪物「キメラ」——獅子は関東軍、羊は天皇制国家、龍は中国皇帝および近代中国——に喩える(山室信一)。実際の植民地都市と同じく、言語による都市創造もすべての資材を自前でまかなうことはできず、必然的に既成の存在の継ぎ合わせとなる性格をもっている。いいかえれば、すべての言語都市はキメラ性を逃れることができないのである。冒頭に引いた松浦寿輝の詩が「檳榔樹」と古代ローマを並列しているのも、人工都市につきもののキメラ性の片鱗と考えれば納得がいく。

安西冬衛が父について中国大陸に渡ったのは一九二〇（大正九）年、二二歳のときであった。三年後の一九二三（大正十二）年十一月、フランス語を東京外国語学校で学び、ボードレールを翻訳しはじめていたやはり二二歳の青年が、生活の打開を求めて上海に渡る。上海の環境は厳しく、彼の地で生計を立てようと企てていた文学青年は三ヶ月で東京にもどらざるを得なかった。しかし「遁走」に憑かれていた彼は翌年の七月から十二月までふたたび東京の実家を離れて京都で暮らし、十月頃、「秋の悲歎」と題する不思議な散文詩を書く。

私は透明な秋の薄暮の中に墜ちる。戦慄は去つた。道路のあらゆる直線が甦る。あれらのこんもりとした貪婪な樹々さへも闇を招いてはゐない。

私はたゞ微かに煙を挙げる私のパイプによつてのみ生きる。あの、ほつそりとした白陶土製のかの女の頸に、私は千の静かな接吻をも惜しみはしない。今はあの銅《あかゞね》色の空を蓋ふ公孫樹の葉の、光沢のない非道な存在をも赦さう。オールドローズのおかつぱさんは埃も立てずに土塀に沿つて行くのだが、もうそんな後姿も要りはしない。風よ、街上に光るあの白痰を掻き乱してくれるな。

私は炊煙の立ち騰る都会を夢みはしない――土瀝青《チヤン》色の疲れた空に炊煙の立ち騰る都会などを。今年はみんな松茸を食つたかしら、私は知らない。多分柿ぐらゐは食へたのだらうか、それも知らない。黒猫と共に坐る残虐が常に私の習ひであつた……（富永太郎「秋の悲歎」前半）

主題をつかみにくい詩であるが、「戦慄は去つた。道路のあらゆる直線が甦る」というきっぱりした断言ではじまり、引用を省略した後半の末尾は「……私は私自身を救助しよう」と結ばれるのであるから、「悲歎」というタイトルにもかかわらず、これは希望と回復を志向した詩であると言ってよいだろう。

この散文詩に固有の質量を与えているのは断片的な都市の光景である。「土塀に沿つて行く」「おかつぱさん」もいれば、「銅《あかゞね》色の空を蓋ふ公孫樹の葉の、光沢のない非道な存在」も、「街上に光るあの白痰」もある。また最後尾に近い箇所には、魅力的な次の一文がある。

今は降り行くべき時だ——金属や蜘蛛の巣や瞳孔の栄える、あらゆる悲惨の市《いち》にまで。

この「悲惨の市」と、前半の「土瀝青《チヤン》色の疲れた空に炊煙の立ち騰る都会」とは存在の次元が異なるように思える。しかし、ではいまこの詩を語る語り手がいるのは、どこの街なのか?——この散文詩の中にあらわれる都市は単独なのか、複数なのか。

年譜的事実からみれば、この詩にあらわれる都市の断片を、富永太郎が生まれ育った東京か、人妻に失恋して中退を余儀なくされた高等学校のある仙台か、それとも遁走さきの上海か京都か、と具体的に同定してみたくもなるが、その試みはおそらく挫折におわるほかない。もちろん富永太郎には「無題 京都」のようなあきらかに京都の街をモデルにした作品もあるが、「私には群集が絶対に必要であつた。徐々に来る私の肉体の破壊を賭けても、必要以上の群集を喚び起すことが必要であつた。……」ではじまる散文詩「断片」を「秋の悲歎」に並べてみると、富永の散文詩の魅力を十全に開示した作品の中にあらわれる都市は、東京や京都や上海という地上にある一都市ではなく、さながらそれらの都市をシュレッダーにかけて粉砕し、細片と化してから高温で融合させたような表情を呈している。それはもはや「キメラ」というより、さらにハイブリッドな合金都市《アマルガム・シティ》と呼んだほうがふさわしい。

混沌とした合金都市にはどこか夢魘に近い異界性がある。本来なら詩人の通過儀礼としての街だったのだろう。しかし簡単に通過し去るにはその都市は巨大にすぎ、一方で詩人は「私はあまりに硬い、あまりに透明な秋の空気を憎まうか?」(「秋の悲歎」)という、周囲のあらゆるものにほとんど物質的な抵抗感を感じる感受性の持ち主だった。その抵抗感は富永の詩に独自の密度をもたらしたが、同時に心身を急速にすり減らしもした。富永太郎はみずからが作り出した合金都市から抜け出せないまま喀血し、「一つのメルヘン」とは別の、もうひとつの夭折伝説を育む。

考えれば、どんな詩でも一篇の詩そのものがひとつの人工の街であり都市のように思えてくる。詩を読むことはしばしばその街の中に住むことである。多くの人が住みたがる流行の街もあれば、一見非常に棲みにくそうな表情をした都市もある。そして虚構された都市ではなく、仮に詩の中に現実の都市が適度な縮尺で正確に写されているように見える場合でも、それは結局ひとつの人工都市、現実には対応物を求められない

「ことばで織られた都市」となるだろう。

＊引用・参考

松浦寿輝『鳥の計画』思潮社、一九九三年。
山田野理夫編『安西冬衛全集』第一巻、寶文館出版、一九七七年。
川村湊『異郷の昭和文学』岩波新書、一九九〇年。
山室信一『キメラ 満州国の肖像』中公新書、一九九三年。
『富永太郎詩集』思潮社、現代詩文庫一〇〇六、一九七五年。
青木健『剥製の詩学 富永太郎再見』小沢書店、一九九六年。

水路の詩学・断章

水路や運河といったものを思い浮べると、そこにはおのずと河川や海とはちがった時間がひらけるように思われる。

川とは何よりもまず流れゆくものであり、端的に「直線的な時間」の表象となる。「逝く者は斯《か》くの如きか。昼夜を舎《お》かず」（『論語』子罕篇）とは、古今東西を問わず、川を前にした人間の感懐の原型となるものだろう。流れゆく川はそのまま流れゆく生の時間の象徴である。

一方、海は直線的な時間がすべて流れ込んだ「永遠」のスープだ。寄せては返す波と、はるかな水平線を前にすれば、人間的な時間のあれこれは何ほどのこともない。ランボーならずとも、「また見つかった／何が？　永遠／海と溶けあった／太陽のことさ」（宇佐美斉訳）とつぶやきたくなる。

水流があったとしても、水路や運河ではそれと気づかないほどひっそりとしている場合が多いし、一方向とはかぎらず、潮汐の影響を受ける場所では時間によって流れを逆にする場合もある。また水路や運河は基本的に人工によってひらかれるものであり、人間的なスケールを寄せつけない海洋の対極にある。

もし水路や運河というものがもつ時間に思いをめぐらしてみようとするならば、手がかりとして「曇天」という天象を取りあげてみるのも無駄ではないかもしれない。

曇天の日には、晴天の一日が示すような朝から夕までの起承転結ある時間の推移がない。時間は流れないまま滞留し、陽と陰の境目のない世界の中で、意外にも物象はさえざえとした明晰な輪郭を見せる。曇り日は「暮れる」ということがない。一日は暮れないまま明度を失ってゆくのであり、そこには晴天の日のめりはりある時間にはない、独特の非現実的な感覚が生じる。

では雨の日はどうかと問われるかもしれないが、一様に降っているかにみえる雨も実は緩急に富んでいるものであり、大気の呼吸そのものを感じさせる時間の律動をもっている。雨の日には雨の日の、晴天の日とは異なった「自然」の時間の推移があり、曇り日のような、いわば執行を猶予された無時間性の感覚からは離れている。

そんな曇天の時間を人間の生にかかわるトポスとして具象化するとすれば、それが水路（運河、掘割）だと言えないだろうか。線的な流れゆく時間と〈永遠〉とのはざまにある無時間性、執行猶予性は、水路や運河といったものにやがて人工のきわみとしての「退廃」を呼びこもうとする。

＊

福永武彦の小説「廃市」の中では、主人公の遠縁にあたる直之という中年男が、法事の酒宴で主人公の青年にこんなせりふを語る。

掘割ですか。しかし掘割というのは人工的なものでしょう。つまり運河ですね。初めは実用のためだったので、大河が氾濫するからこんな策を講じたんでしょうが、いつの間にか町の人の道楽みたいに縦横に掘りめぐらしてしまいました。だからこれは自然の風景というのとは違うんですよ。謂《い》わば人工的なもの、従ってまた頽廃《たいはい》的なものです。町の人たちも、熱心なのは行事だとか遊芸だとかばかりで、本質的に頽廃しているのです。私が思うにこの町は次第に滅びつつあるんですよ。生気というものがない、あるのは退屈です、倦怠です、無為です。ただ時間を使い果して行くだけです。

これに対して主人公の青年は無邪気に「つまり芸術的なんですね」とたずねかえす。「海の彼方の詩人」について卒業論文を書きに来ている――大林宣彦が監督した映画版（ATG、一九八四年公開）では、ポーに関する卒業論文を書いていることになっている――この青年は、何らの屈折もなく退廃と倦怠を「芸術的」ということばに接続し、はたしてすぐ直之から次のように反駁されることになる。

さあどうですか。芸術的というのは、芸術上の目的を追っているということでしょう。ところが此所では、そんな目的なんかない、要するに一日一日が耐えがたいほど退屈なので、何かしら憂さ晴らしを求めて、或いは運河に凝り、或いは音曲に凝るというわけです。人間も町も滅びて行くんですね。廃市《はいし》という言葉があるじゃありませんか、つまりそれです。

福永武彦はこの小説の本文から周到に現実の地名を推測させる語を排除している。だからこの作品は新潮文庫の解説で清水徹が記しているように「ただ文学のなかにしかない非現実の町」を舞台にしたものと読むべきなのであるが、冒頭に「……さながら水に浮いた灰色の棺《ひつぎ》である」とその一節が引かれていれば、北原白秋の『思ひ出』を、またその舞台である水路の街を「廃市」のテキストに重ね合わせてみてしまうことはなかなか避けられない。だが読み返してみれば、『思ひ出』序文にあたる高名な「わが生ひたち」もまた、柳川という現実の水郷の描写というよりは、ことばによってのみ構築された非現実な都市、濃密な言語の水面に浮んだ仮想の「棺」ではなかったか。

肥後路より、或は久留米路より、或は佐賀より筑後川の流を超えて、わが街に入り来る旅びとはその周圍の大平野に分岐して、遠く近く瓏銀の光を放つてゐる幾多の人工的河水を眼にするであらう。さうして歩むにつれて、その水面の隨所に、菱の葉、蓮、眞菰、河骨、或は赤褐黄緑その他様々の浮藻の強烈な更紗模様のなかに微かに淡紫のウオタアヒアシンスの花を見出すであらう。水は淸らかに流れて廢市に入り、廢れはてたNoskai屋（遊女屋）の人もなき厨の下を流れ、洗濯女の白い洒布に注ぎ、水門に堰かれては、三味線の音の緩む晝すぎを小料理屋の黑いダアリアの花に歎き、酒造る水となり、汲水場《くみづ》に立つ湯上りの素肌しなやかな肺病娘の唇を嗽ぎ、氣の弱い鶩《あひる》の毛に擾され、さうして夜は觀音講のなつかしい提燈の灯をちらつかせながら、樋《ゐび》を隔てゝ海近き沖ノ端の鹹川《しほかは》に落ちてゆく。

「廃市」の人工と退廃、また退屈や倦怠として感覚される無時間性はすべて「わが生ひたち」で用意されていた。ただし、いま引用した部分をよく読めば、後半のロング・センテンスにちらばった「廃市に入り」「流れ」「注ぎ」「堰かれて」「歎き」「嗽ぎ」「擾され」「灯をちらつかせ」「鹹川に落ちてゆく」という動詞群の主語は「水」であることにすぐ気づく。人間と町は廃れることがあっても、白秋にあっては「水」そのものの生命力が廃れることはないと文章自体が言おうとしているごとくである。

時間を使い果たしてゆく、と観念してみても実際に時間が尽きることはなく、永遠とも思える無時間を断ち切るものはしばしば暴力的な災厄である。福永の「廃市」が最後に火災によって消え去ることは、大火によって酒蔵が真青に炎上する「わが生いたち」の末尾と呼応している。それはすなわちことばに住まわれた幼年期、あるいは青年期という時間の終わりでもあった。

＊

東京は隅田川河口に三角州になった土地があって、そこで少年期を過ごした詩人が娘を連れて所用に戻る。デルタにわたる交通手段はまだ渡し船で、娘と他愛ない会話をしながら、詩人は水路がはりめぐらされた街の少年時代の記憶に帰ってゆく。

〈これからは娘に聴えぬ胸の中でいう〉
水は黙くてあまり流れない　氷雨の空の下で
おおきな下水道のようにくねつているのは老齢期の河のしるしだ
この河の入りくんだ掘割のあいだに
ひとつの街がありそこで住んでいた
蟹はまだ生きていてそれをとりに行つた
そして泥沼に足をふみこんで泳いだ

（吉本隆明「佃渡しで」）

街に水路がはりめぐらされているのではなくて、入りくんだ掘割のあいだにひとつの街があった、という。この表現から「……さながら水に浮いた」云々という白秋の表現を想い起すことができる。吉本隆明の詩の中に、人工のきわみとしての退廃や、退屈や倦怠として感覚される無時間性は見出せない。しかし河は老いており、少年は倦怠に身をまかせないまでも、ささやかな屈託くらいは経験したにちがいない。水路の街に無数にある橋は少年が屈託と悲哀をすすぐおだやかな装置となるだろう。けだし橋とはどんな小さな橋でも異界への橋掛りであり、気分の変容を促す原型的な境界の場所であるから。

水に囲まれた生活というのは
いつでもちょつとした砦のような感じで
夢のなかで掘割はいつもあらわれる
橋という橋は何のためにあつたか？
少年が欄干に手をかけ身をのりだして

悲しみがあれば流すためにあつた

一九六四年に佃大橋が完成し、三角州にわたる渡し船は廃止となる。その直前の時代を背景にするこの詩の主題がひとつの訣別であることは最後まで読めばあきらかである。悲哀をも含めて黄金時代だった幼少期の場所が都市化の波に呑まれて劣化し、卑小に見える。もうここには用事以外には来るまい、と詩人は思う。吉本は「木下杢太郎よ、パンの会よ、明治の大川端趣味よ、おれがこの風景にとどめを刺してやるともって」(「佃んべえ」)この詩を書く。パンの会はいうまでもなく白秋も属していたサークルである。吉本がとどめを刺そうとしたのはみずからの幼少年期に対する幻想だけではなく、戦後詩まで連綿と続いた白秋的な水路の美学でもあった。

あの昔遠かつた距離がちぢまつてみえる

わたしが生きてきた道を
娘の手をとり　いま氷雨にぬれながら
いつさんに通りすぎる

＊

80年代後半のいわゆる「バブル期」以降には「ウォーターフロント」なるカタカナことばが出現し、佃島には超高層マンションが林立した。その風景はパンの会的な世紀末頽唐趣味はもちろんのこと、吉本隆明のような訣別宣言さえにももはやまったく縁がないように見える。水辺に建つ超近代的な高層建築の群はこれまでにない新たな美を育んでいるのかもしれないが、それが狭義の「詩」として結実しているかどうかは確認できていない。

大林宣彦が福永の「廃市」を柳川を舞台に映画化したのが一九八四年、

その三年後の一九八七年にはアニメーション映画のヒットで名を知られた高畑勲と宮崎駿が「新文化映画」と銘打って、『柳川掘割物語』を制作し、発表する。『柳川掘割物語』は実写のドキュメンタリー映画であり、地域を縦横無尽に走る掘割の歴史と機能を詳細に解説し、高度成長期に危機に瀕した掘割が人々の努力で再生する過程を悠揚せまらぬリズムの映像で語る。ゴミと水草に埋まり、暗渠とされる寸前にまで荒廃した掘割は、現実の水路の「退廃」であり、またそこにすむ人間の「退廃」でもあった。人工性をその本質とする水路や運河は、人がそれを無視するときに自然のほうにではなく逆に現実の退廃へと落ちこんでゆく。暗渠化に反対した役所の係長の粘り強い熱意が人を動かし、掘割が浚渫され豊富な水量をとりもどし、ふたたび子供の遊ぶ声が水辺に響くとき、水路の街は「退廃の美学」を完全に脱ぎ捨てて「人間と水との共生」、そしていつのまにかいくら欲しても手の届かないものになってしまったようにみえるあたたかで優しい「共同体」の夢を、今度はその「詩」としてまとうのである。

二〇〇四年に初放映され、その後イタリア賞をはじめとして国際的な映像祭でいくつもの賞を受けたNHKのテレビ番組『映像詩 里山 命めぐる水辺』は、『柳川堀割物語』のはるかな延長線上にある作品といってよいだろう。もっともこちらにはドキュメンタリー的要素は薄く、琵琶湖の北部に位置する湖畔の集落が舞台ということまではわかるが、番組それ自体の中では決して具体的な地名を特定できないようになっている。

その湖畔の街の家々には、「川端(カバタ)」という自然の湧水を利用した流しが設備されており、そこで洗面もすれば、野菜も洗い、食器をすすぎ、夏にはスイカも冷やす。澄んだ水のあふれる各戸のカバタにはまるで犬でも飼っているような具合に鯉が住みついていて、多少の残飯はその鯉が始末してくれる。街中をひたひたと走る水路で孵化したヨシノボリの稚魚は琵琶湖へ下って行き、やや生長してからふたたび遡上して街のカバタに姿をあらわし、顔を洗う老漁師とにらめっこをする。小動物のミクロな視点に寄り添いつつ、ハイビジョンのクリアな映像でリズミカルに構築されたこの作品は、水とともに暮らす小さな共同体を、映像詩の名のもとに現代の「桃源郷」として演出している。小国寡民、生き物との共生、循環する自然と人事……それは『柳川掘割物語』を越えて、むしろナウシカの「風の谷」を思い出させる。

『里山 命めぐる水辺』の撮影場所であった滋賀県高島市新旭町では、地域のボランティア・ガイドが案内する水辺ツアーを実施している。参加して実際に歩いてみた地区の街並みは閑静でやさしく整っており、こんこんと湧き出る水はハイビジョン以上に美しかった。そこは映像から夢想したのとはまた少しちがった「桃源郷」だった。

家々のあいだを、街の中を縦横に水がめぐる場所——しかし柳川とはまったく雰囲気がことなる。唐突に想起したのは、かつて一回だけ訪れたことのあるイリエ＝コンブレーの町だった。記憶の中の空気が、少し似ているように思えたのだ。イリエ＝コンブレーは別に湖畔にあるわけではなく、水路の町でもないから、これは見聞の狭い人間のまったくの錯覚で片づけられようが、しかし思えば白秋やプルーストのような大文字の詩人をもたなかったからこそ、この湖北の水の街は新鮮な生命を保ったのかもしれない。生き物とのかかわりからファンタジックに人間と水の共生を描いたあの映像が、おそらくははじめての「作品化」だったのだ。

＊引用・参考
江國香織「グレイッシュ」（『都の子』集英社文庫、一九九八年）。
福永武彦『廃市・飛ぶ男』新潮文庫、一九七一年。
日本近代文学大系二八『北原白秋集』角川書店、一九七〇年。
『吉本隆明 全詩撰』大和書房、一九八六年。

吉本隆明『背景の記憶』宝島社、一九九四年。
『廃市　デラックス版』（DVD）、パイオニアLDC、二〇〇一年。
『柳川掘割物語』（DVD）、ブエナビスタホームエンターテイメント、二〇〇三年。
『映像詩　里山II　命めぐる水辺』（DVD）、NHKソフトウェア、二〇〇四年。

冬の谷中で――諏訪優

わたしは夢ばかり見て生きてきた
たくさんの少女たち　姉たち　妹たち
いるはずのない　みんなは
美しくてやさしかった
いつも　きみのことを想っていた
でも　きみはいなかった
いるはずはない

（諏訪優「少女……エバーグリーン」より）

歩いてばかりいた。田端から西日暮里にかけての崖の上、動坂、谷中、根津、そして上野までの地域をあてもなく歩いた。都電荒川線に沿って、小台から熊野前、昔「阿部定事件」の舞台になった尾久の三業地帯、そしてどこまでいっても同じような小さなくすんだアパートと小商店街の連続である荒川の町々。

何か積極的な興味や目的があったわけではない。歩くことしか屈託に対処する手段がなかっただけである。どこでもよかったのだ。疲れ果てるまで歩く。二〇代の半ばになろうとする青年が、なんという精力の無駄遣いであることか。東池袋、雑司が谷、江戸川橋、飯田橋、どこかわからない場所。

暮れも押し迫った夕刻、谷中近辺を徘徊していて、ふと一軒のギャラリーが眼にとまり、おずおずと入ってみた。暮れかかる冬の街で、そのギャラリーのあかりはあたたかそうに外に漏れていた。入り口に掲げられた詩人の名前も見知ってはいた。

名前を記帳してから二階へあがると、詩人は中央のテーブルで、みずから描いた小品のタブローに囲まれて、女のひとを相手に白ワインを「ぐい呑み」で傾けていた。人みしりの強いこちらは軽く会釈をしたあと、作品をじっと見るようなふりをしていた。芥川龍之介の俳句をモチーフにした、水彩の可憐な画だった。すると、詩人はすっと席を立って一階へ降りていった。入り口の記帳のノートで確認したのだろう、もどってくると気さくに——いや、あちらも緊張していたのかもしれない——名前をよびかけてくれて、「一杯いかがですか」とぐい呑みを差し出してくれた。

そのときに購入した詩画集『坂のある町』は、諏訪優の詩文と棚谷勲の銅版画を組みあわせた瀟洒な小冊子で、いまも大事にしている。『坂のある町』やいくつかの詩集を読むと、詩人は昔「田端文士村」と呼ばれた地域の風呂なし安アパートに住み、悠々と隠者ふうの生活を営んでいるらしかった。ビート・ジェネレーションを特集した詩誌で佐野元春と対談したりしていたが、詩集を繰っていて、なぜかいちばん心に残ったのはこの詩だった。現代詩にしては甘すぎる詩句のはずなのに、嫌な感じがしない。「夢ばかり見て生きてきた」ことをこういうふうにさらりとことばにできるのは、おそらく自分にはどれだけ経っても無理だろうと思えた。

書いたものを送ると、粋なモノクロのポートレイトが刷られたハガキをいただいた。何年かが経ち、書店で「遺稿集」と銘打たれた『田端日記』をみかけたとき、「あっ」と思って立ち尽くした。今おもえば、ギャラリーでお会いしたときはまだ五〇代だったはずだ。今になってもっと話をしてみたかった、と思っても遅い。

＊引用・参考
諏訪優『田端事情』思潮社、一九八三年。
諏訪優・棚谷勲『坂のある町』踏青社、一九八七年。
諏訪優『田端日記』思潮社、一九九三年。

ポール・ヴァレリー／中井久夫訳『若きパルク／魅惑』

（大学院生の対話）

A　そのきれいな大きい本は何？

B　ヴァレリーの訳詩集だよ。もう一年以上も前に買ったんだ。ずっと本の外観とか字面ばかり眺めていて、今度やっと全部に眼を通した。

A　ヴァレリー？　あなたの研究テーマとはあまり関係ないような気がするけど、フランスの詩が好きなの？

B　いや、特にそういうわけでもないのだけれど……。高校の時とか学部の頃に、ランボーとかボードレールとか、あるいはアンソロジーの訳詩集は読んだよ、人並みにね。でも愛誦するというところまではいかなかった。この本を買ったのは訳者のファンだからさ。

A　どんな人なの?

B　まさか知らないのかい? 神戸在住の精神科のお医者さんで、専門の精神医学の著作の他に、『現代ギリシャ詩選』や『カヴァフィス全詩集』を出して、カヴァフィスの訳詩では読売文学賞を受賞されている。現代ギリシャ語の詩を歯切れのいい日本語に移しかえていて、カヴァフィスの「イタカ」とか、エリティスの「狂えるザクロの樹」なんか個人的には好きだな。たくさんの精神医学関係の翻訳やエッセイ集以外にも、阪神大震災に関する重要な記録集・論文集を二冊編纂・執筆されている。看護師をめざす人のための精神医学の教科書があるんだけど、それもすごくおもしろいよ。

A　相当のポリグロットのようね。茂吉とか杢太郎に連なるような、文人型のお医者さんなのかしら。

B　もし「二足のわらじを履いている」人、と考えるなら、それはぜんぜん違っているような気がする。著作集に収められた統合失調症の寛解過程や発症過程についての論文を読むと、もし「見えないもの」を「見えるもの」にするのがことばの、そして文学というもののはたらきの核心にあるとするなら、そういった論文こそ第一級の文学、本当に希有の散文になっていると思う。失調であれ、震災であれ、詩であれ、対象が変わっても、ことばのはたらきは変わらない。

A　とにかくその本をよく見せて。箱は、これはなんというのか、石の肌みたいな柄ね。表紙は暖かなオレンジ色で。

B　柑橘類の果皮の色かな。それとも太陽に向かって眼を閉じたとき瞼にうつる色かもしれない。ギリシャの詩人とヴァレリーを結ぶ「地中海詩人」――と訳者が言っているんだけれど――のイメージにふさわしい。箱はもしかしたら大理石――にしてはちょっと暗いか。

A　本文はすべて「旧かな」ね。旧かな論者なの？

B　そうではないと思う。中井久夫の書いたもの、訳したもので歴史的かなづかいを見たのはこれがはじめてだ。たとえば「若きパルク」訳の初出は雑誌『へるめす』第四〇号なんだけど、そこでは現行のかなづかいだった。さまざまの実験を経て、「原詩の字面にもっとも近いものとして」歴史的かなづかい、ただし促音の「つ」は小文字表記、それから漢字（新字体）の多用などの基準に到達した、とあとがきに記されている。

A　あら、ガリマールのポエジー叢書のテキストも持っているじゃない。そもそもあなたフランス語読めるの？

B　いちおう第二外国語だった。そ、そういえばきみは仏文出身だったね。

A　第二外国語の勉強だけでヴァレリーが読めると思うのはちょっと甘いんじゃない？

B　まあそれは言わないでくれ。ぼくにだってヴァレリーを読む権利はある。ともかく、原詩を眺めると、「若きパルク」の字面は、まさにくねってゆく黒い大蛇の細かい鱗みたいだ。しかし、この字面の印象は漢字と新かなの配合だけでなんとか再現できないものか……。

A　でも旧かなで表記すれば、それだけ視覚的な弁別特徴が増えるわけで、大蛇の鱗に反射する光の散乱をいっそうよくあらわすかもしれないわよ。

B　なるほど、そうも考えられるか。「若きパルク」訳に関して言えば、初出の時よりずっと漢字が増えている。たとえば初出で「すぎゆく一すじの風ならで　誰が泣くのか／いやはての金剛石とともに　ひとりある　このひとときに?……」となっていた冒頭部が、この本では、「過ぎ行く一筋の風ならで誰が泣くのか、／いやはての金剛石と共に独りある、この一刻に?……」となり、「金剛石」と「一刻」にそれぞれ「ほしぼし」「ひととき」というルビが振られている。漢字が増えて一字空白を廃止した分スピードが加速されると思う。また、「魅惑」からの十篇が『へるめす』第四七号に初出掲載されたときは、全ひらがな表記の訳が併載されていた。

A　いったん全部ひらがなで表記する方が、音読するときの効果や音韻面での構成は把握しやすくなるでしょうね。

B　訳者は巻末の「翻訳についてのノート」の冒頭で、「私が心掛けたことの第一は音読に適することである。私は、多少早口で、あまり抑揚をつけずに、即物的に読まれることを希望する」と述べている。ローマ字表記の試みもしたらしい。

A　最近は現代詩の世界で朗読の試みが増えていると聞くけれど、「多少早口で、あまり抑揚をつけずに、即物的に」というのは？　ふつう、詩はむしろその逆のしかたで朗読される場合が多いのでは？

B　中学校のとき教室で聞かされたような、「感情をこめる」読み方ね。あれが詩の嫌いな生徒を作り出しているんじゃないだろうか？　もちろん現代詩の朗読では多様な試みがあちこちでなされているだろう。

朗読自体を断固しりぞける人もいる。別のところで訳者は、「現代日本語の美の可能性の一つは、速い速度で読まれることによる、母音と母音、子音と子音、あるいは母音と子音の響き合いにあるのではないか」(「詩の音読可能な翻訳について」『へるめす』第三五号)と述べている。——鷗外がたしか「妄想」の中で、都市の建築様式に関して、「参差《しんし》錯落《さくらく》たる美観」ということばを使っていた。ぼくの思いこみかもしれないけれど、訳者はいわば、詩における「参差錯落の美観」をねらっているんじゃないか。そのためにはある程度のスピードが必要なんだ。

A　ヴァレリーの詩は音節数が決まっていて、脚韻を踏む定型詩でしょ。そこはどう処理しているの?

B　九鬼周造やマチネ・ポエティクのように脚韻を踏む試みは、「魅惑」の中の「風の精　シルフ」をのぞいては行われていない(この詩の訳はちょっとリズムが富永太郎の「恥の歌」に似ている——脚韻は「恥の歌」の方がはるかに単純だが)。そのかわり全体を通して頭韻が卓越している。それからぼくのフランス語の発音で言うのもなんだけど、「若きパルク」の原詩を音読していると、意味がわからなくても何だかみちゃみちゃした口の感覚が快いというのがある。訳者はしばしば詩・文章における口唇感覚や口腔感覚、発声運動感覚というものに言及する。そういうものこそ言語の深部構造なのではないかと言うんだ。このレベルまで来ると、脚韻や頭韻云々という議論の土俵自体があまり意味なくなってしまう。結果としてどう実現しているかは措くとしても、「音韻」の基底にある身体感覚まで意識して訳詩を作ろうとしていることはまちがいない。

A　とにかく音に並々ならぬ配慮が払われているということはよくわかったわ。音と意味は切り離せないものだけど、意味の方はどうなの？　フランス語のテキストと対照したんでしょう？

B　せっかくの機会だと思って、まず原詩だけ眺めて、辞書を引っぱっていろいろ意味を考え、それから訳を見るようにしてみた。だけど、解釈以前の問題として、ぼくのような門外漢には、まず原詩の文法構造を飲みこむだけで時間がかかってしまう。

A　詩は単語をふつうとはちがう置き方にする場合が多いから。だから第二外国語だけでヴァレリーを読むのは無理だって言ったでしょう?

B　うん、そこで気づいたんだけど、とにかく原詩の「フランス語の意味」を理解しようとするためだけだったら、実はこの中井訳よりも、図書館で借りてきた、こっちのヴァレリー全集の鈴木信太郎訳の方が役に立つんだ。

A　あの、何だか難しい漢字をいっぱい使った訳?　あれはもう何十年も前の訳でしょう。

B　そうだね、どこでもいい、たとえば「パルク」の冒頭の第四行目から。

Cette main, sur mes traits qu'elle rêve effleurer,

Distraitement docile à quelque fin profonde,
Attend de ma faiblesse une larme qui fonde,
……

鈴木訳はこうなっている。

わが顔に将《まさ》に觸れむと夢みるか、何かは知らぬ
深刻なる心の意圖に　茫然と從ふこの手は、
わが弱さより　一滴の涙の流れ出づるを待ち、
……

中井訳はこうだ。

この手——、手は待つ、わが顔に触れやうと夢みつつ、

深いはからひにわれ知らず従って、
わが弱さから溶け出でて一滴《ひとしづく》の涙が零れ落ちるのを、
……

A　なるほど。字面の印象からすると一見とっつきにくいけど、鈴木訳の方が直訳的で、原詩の文法構造を浮き出させるような、言ってみれば受験生的な訳になってるわね。Cette main にかかる語句を全部「この手」の前に出してしまって。もし教室であてられて予習するのなら、こっちの訳の方が頼りになるかもしれない。でも、音の面では中井訳の方がはるかになめらかに口にのぼりやすい。一行目の「待つ」と「夢みつつ」のマ行音プラス「つ」の繰り返し、二行目の「われ知らず従って」の「し」の重なりはあきらかに意識的でしょうね。それに、なんて言うかな、スピードが速い分だけ「悲劇の直線性」みたいなものが感じられる……。

B　この本は後半三分の一くらいが「ヴァレリー詩ノート」という注解・注釈の作業と、「ヴァレリー詩・ことばノート」という、ヴァレリー・キーワード小辞典の頁になっている。「パルク」のこの部分については、たとえば「詩ノート」に次のように記されている。

一行の空白を置いて「手」が現れる。詩はなほ「私の手」といはず「この手」といふ。身体の他部分はなほ暗黒に浸され、顔も目鼻立ちを構成する凹凸traitsでしかない。目覚め直後の身体はいかにも幼児の寸断された身体（ラカン）である。「手」「顔」次いで「咽喉」「眼」が意識の水面上に顕れる。幼児の手がおのが身体に触れる時が最初の自己身体による自己身体認識である。

A　お医者さんらしく、徹底的に身体論的な解釈ね。やっぱり精神医学や臨床経験に照らして詩を理解しているように思えるけれど。

B　これは引いた所が悪かったかもしれない。でもフランス文学の伝統をよく知らない身としては、身体論的解釈の方が腑に落ちるよ。それと思うに、訳者は精神医学でヴァレリーを理解したんじゃなくて、むしろその逆だったのではないか。高校生の時に「パルク」を暗誦してしまったらしい。この「ヴァレリー詩ノート」を読んでいると、訳者の統合失調症論・身体論のあれこれが思い合わされて興味つきないけれど、それは決して精神医学からの解釈とか、病跡学的な理解とかいう一方向的なものではない。ラカンがどうこうという前に、そもそもラカンがヴァレリーに影響を受けた可能性を指摘している。……今度は見やすい例として、「魅惑」の中の「円柱の歌」Cantique des colonnes の冒頭を挙げよう。また原文と中井訳と鈴木訳を並べてみるよ。

Douces colonnes, aux

Chapeaux garnis de jour,
Ornés de vrais oiseaux
Qui marchent sur le tour,

（中井訳）

柔らかな柱、
陽を挿頭《かざし》に、
ほんものの鳥を
歩く縁飾《ふちかざ》りに。

（鈴木訳）

竝び立つ美しき圓柱群よ、
戴く帽子は、日景《ひざし》に装はれ、
その縁《へり》を　靜かに歩む
生きたる鳥に　飾られて、

A　これも、鈴木訳の方が語彙は冗長だけど、文法的には原詩に近いわね。音節数とか視覚的印象なんかは、中井さんの訳の方が原詩と合っているのではないかしら。でも一方で後半の二行なんかは、欧文のもつ「シンタックスのきつさ」みたいなものが削れてしまっている気がする。角がとれてしまっている、というか。

B　たしかにそういう見方もある。それは詩に限らず、翻訳というもの一般の問題でもあるけれど。この場合、訳者は「ノート」の中で、「殊に字面の視覚は、時古りてやや不揃ひな列柱を思はせる」と記している、その再現を優先しているのではないか。「魅惑」の冒頭作「曙」Auroreなんかも、主語のjeを消去し、シンタックスの膠着を引き剝がすのとひきかえに、重苦しい「パルク」と対照的なこの詩の「ほとんど舞踊」という、その跳ねるようなことばの運動をよく写している。直訳的かそうでないかというのは単純すぎる議論で、あまり生産的でないように思うけど、たとえば「魅惑」の中には、「帯」La Ceintureのように鈴木訳よりもずっと原文に沿った訳もある。「円柱の歌」に倣って言うなら、「帯」の原詩の字面は、何となく夕暮れの豪奢な空に浮かぶ雲の重なりの形を行の長短によって模しているように見える。そして「ノート」にはこの詩について次のように記されている。

「足音」といふ「待機の詩」の後を承けたものとして、この詩は、期待がつひに満たされるかに見えるが、束の間のうちにすべては変って、固唾を飲む者の前で期待は満たされずに消えるといふ「夕ンタライゼーション」の詩であるといへるかもしれない。「表現の後の悲哀」、むしろ「表現が訪れるかにみえて去った後の悲哀」をここに読み取っても、それはまったくをかしくはない。

こういう文を読むと、原詩の意味をとりあえずたどって、それでもなんとなくへだたりのある感じが残るのが解消されて、「ああそうか」と「腑に落ちる」。

A　あなたの話を聞いていると、つまりこう言えるんじゃないかしら。「詩の意味」を理解するには従来の訳で十分かもしれない。一方このヴァレリー新訳本は、訳詩・注解あいまって「詩というできごと」、言いかえるなら、「この一篇の詩の中で、何が起きているのか」ということに焦点をあてている、と。

B　うん。うまく言ってくれたような気がする。「この詩がわかる、わからない」とよく言うけれど、やっぱりそれだけでは皮相な物言いで、その奥に、「この詩ではいったい何が起こっているのか」ということに対する理解と感受がなければ詩を読むのも新聞を読むのもあまり変わらない。「わからないけれど感受できる」という状態だってあるわけだ。「何が起きているのか」——言ってみれば、ヴァレリー詩の「できごと性」を浮き彫りにしようとする点に、この訳書の最大の価値があるのではないか。それは個々の詩篇からはじまって、「魅惑」全体の構成の解明にまで及んでいる。

A　それはさっきあなたが言った「対象が変わっても、ことばの……」というのと関係あることね？

B　そう。それと、訳者は訳詩を完成した次の朝に震災に襲われ、その後の混乱の中で注釈を作っていったらしい。そういう「できごと性」もなにほどかこの本に反映していないとは言えない。とにかくぼくとしては、原詩↓訳詩↓「詩ノート」↓「ことばノート」と読み進めることによって、ひさしぶりに二重三重の「ああそうか」体験をすることができたんだ。

＊引用・参考
ポール・ヴァレリー／中井久夫訳『若きパルク／魅惑』初版（みすず書房、一九九五年）。

同、改訂普及版（みすず書房、二〇〇三年）。

『ヴァレリー全集』1、筑摩書房、一九六七年。

＊追記
本稿は最初一九九五年に刊行された初版を対象に書かれたものであるが、本書収録に際しての引用はすべて改訂普及版から行った。

人を待つ家／詩——立原道造「ヒアシンスハウス」

夏の一日、本郷の立原道造記念館に立ち寄る。本郷通りからひと気のない東大のキャンパスを抜けて、弥生門に至ると目の前にこじんまりとした記念館が建っている。二階と三階が展示室で、平日であれば他の参観者と一緒になることはあまり多くない。

この端正で静謐な記念館を訪れるたびに、わずか二十四年の人生とひきかえに残したものの多彩さに瞠目する。天寿をまっとうした詩人と同等の質量の資料が残されているのではないか。そしてこの記念館に何回か通うと、活字となった立原のテキストは、実は言語以外の線と色彩の海に浮かんだ島のようなものであることがわかってくる。

あたたかで親密な色彩のパステル画は言うまでもない。十代に何冊か作られた彩色の手作り詩集は、黒一色の活字で読む場合とまったく印象がちがってくる。友人あての書簡も色とりどりの文字で記され、絵やスケッチが添えられているものが多い。旅先で百貨店の紙ナプキンにさっと書かれた恋人への短い手紙はなんともしゃれている。今ふうに言えば十代にして〈マルチ・アーティスト〉であった立原に、活字だけで業績をとらえようとする従来の全集の形態はかならずしもそぐわないことを痛感せざるをえない。

特に建築関係の資料は記念館の展示やカタログによってはじめて見ることができたものが多い。立原の建築家としての才能には多くの専門家が言及している。残された図面やスケッチを前にしばしの時間をすごすことには、詩作品を読むのとはまたちがったよろこびがある。立原において詩と建築は片方がもう片方を照らしながら、重なる部分をもちつつ別箇にはみ出す領域も創っているのではないか。そして気のせいか、建築における立原のほうが、ソネットにみずからを閉じこめた彼よりものびのびとして幸福そうに見える瞬間がある。

*

翌日、さいたま市の別所沼公園に建てられた「ヒアシンスハウス」を訪れる。

建築学科を卒業して銀座の石本建築事務所に勤めだした昭和十二年から翌年にかけて、立原は自分のための小住宅の構想に熱中していた。昭和十三年三月下旬に書かれたと想定される書簡（高尾亮一宛）に次のような一節がある。

……それから、「ヒアシンス・ハウス」といふ週末住宅をかんがへてゐます。これは、浦和の市外に建てるつもりで土地などもう交渉してゐて、これはきつとこの秋あたりには出來てゐるでせう。五坪ばかりの獨身者の住居です。これも冬のあひだしよつちゆうかんがへ、おそらく五十通りぐらゐの案をつくつてはすててしまひました。今やうやくひとつの案におちついてゐます。

同じ昭和十三年の二月に神保光太郎に送られた「ENTWURF」では、「HAUS・HYAZINTH」の名前で平面図と二方向からの外観スケッチ、そして室内のスケッチ、さらに室内に置かれる椅子とテーブル、「ローソク立」のスケッチが添えられている。神保も住む浦和の別所沼周辺には当時多くの画家が住み、芸術家村の雰囲気があったという。

「ヒアシンスハウス」と名づけられたその小住宅はしかし、土地取得の段階まで進みながら、ほぼ一年後にやってきた設計者の死までついに

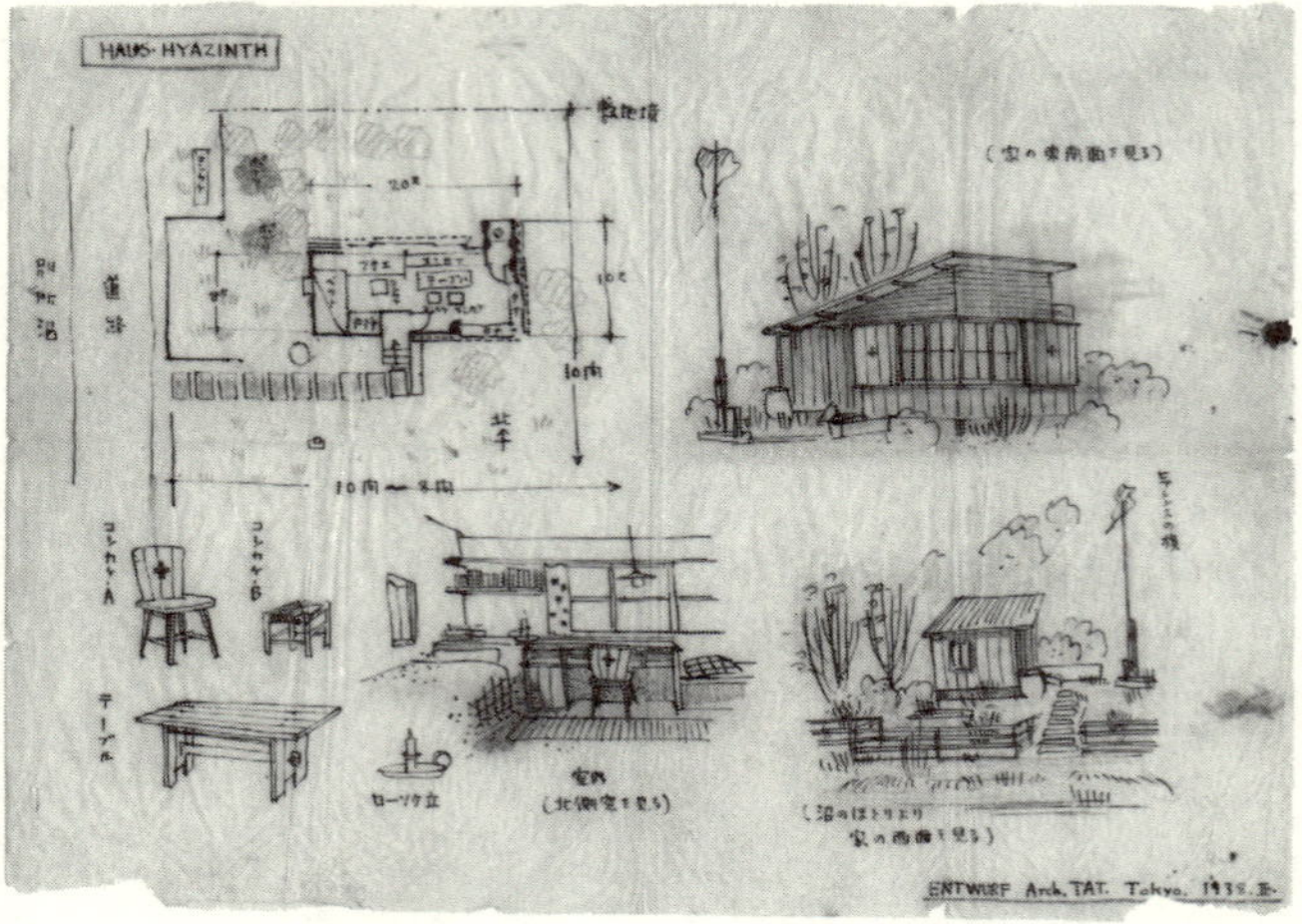
HAUS-HYAZINTH
敷地境
道路
（家の東南面を見る）
コシカケA
コシカケB
テーブル
ローソク立
室内
（北側窓を見る）
（沼のほとりより
家の西面を見る）
ENTWURF Arch. TAT. Tokyo. 1935.

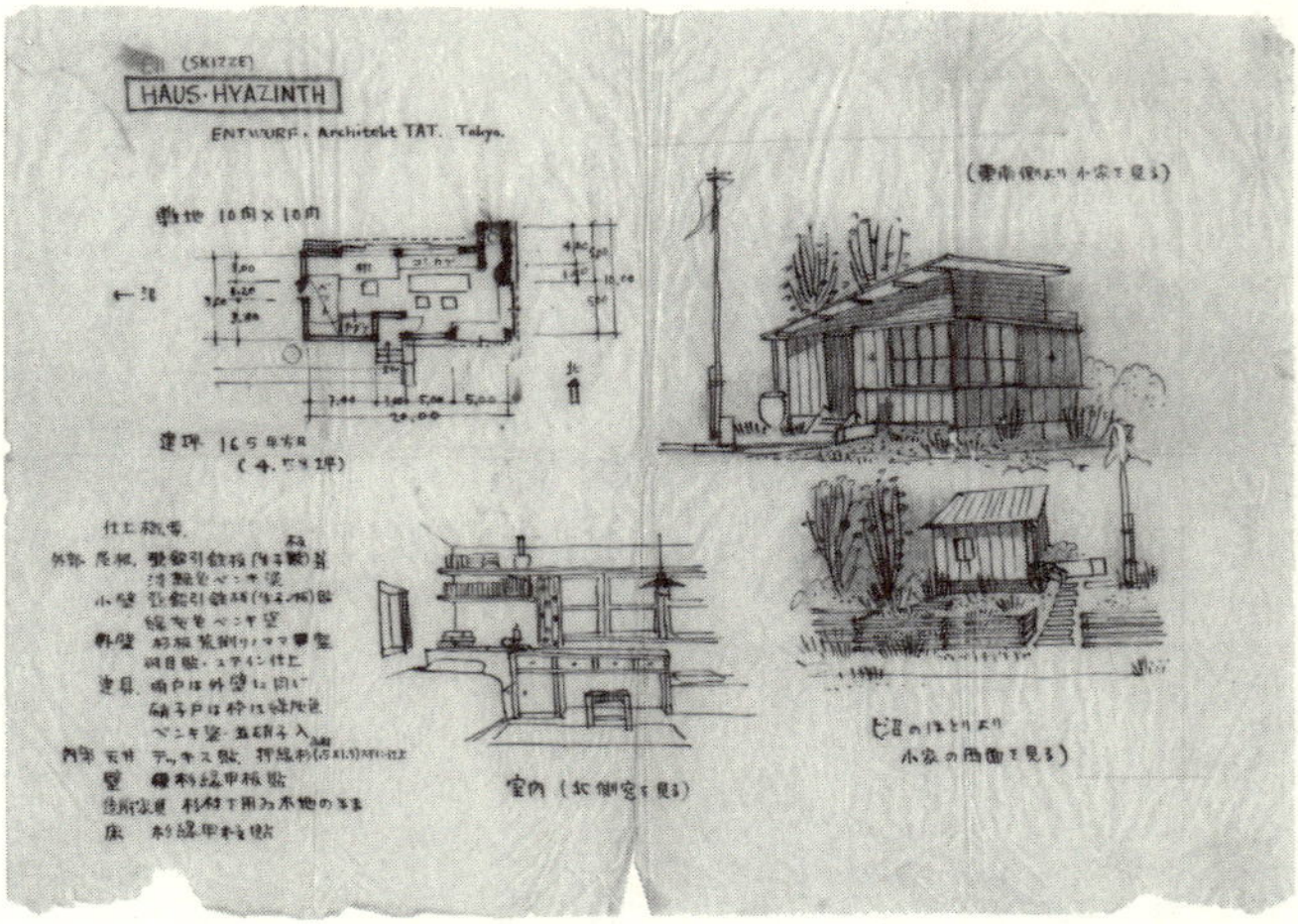

「HAUS・HYAZINTH」(1938年2月)　図版提供：立原道造記念館

実現されることはなかった。それから六〇年以上を経た二〇〇四年の十一月に、立原の「夢」を継承しようとする多くの人々の協力によって、図面の中だけで息づいていた未完の小住宅が別所沼のほとりに竣工したという。

蟬のすだく午後、芝地の中にあまりにあっけなくその新築の小住宅は建っている。周囲をめぐってから、開けはなたれた緑色の扉から中に入る。

立原は卒業論文である「方法論」で、「住みよい」と「住み心地よい」というふたつの「建築体験」を区別し、現象学の用語を援用しながら、後者の「心地」とは生命的本質の作用方法としての「気分情感」であるとする。つかのまの滞在であれ、地上に現実のものとなったヒアシンスハウスは、この身体にいったいどんな「心地」をもたらすだろうか。

建築家の中村好文は「小屋」にあって「家」にないものとして「営巣

本能」を挙げ、南仏コートダジュールにあるコルビュジエの「休暇小屋」(一九五二年)——面積がヒアシンスハウスとほぼ同じ——をとりあげ、さらにヒアシンスハウスに言及する。中村はヒアシンスハウスが立原とその恋人との新居になる可能性もあったと指摘し、「若い詩人とその妻の夢と生活をかくまう簡素な小筐のような愛らしさ」と書いている。

そうだろうか。ここで新婚生活が営めるだろうか。設備や広さ——それは「方法論」にしたがえば「住みよい」の範疇にかかわる——の問題ではない。この小住宅は「営巣」とは遠いのではないか。内部でしばしたたずむ。椅子にすわる。長いあいだスケッチからのみ想像していた「心地」と現実とが重ならない。もどかしい。きれぎれの詩句が記憶の底からよみがえる。「わたしはひとをまっている」……あれは何という作品だったか——。

心は　歌は　渇いてゐる　私は　人を待つてゐる

机の前の椅子にすわる。眼前には北向きの横長の窓が水平に連続している。ふりむくと東南にはコーナーの柱一本を残して直角にまじわる巨大なスクリーンのように窓が開いている。ヒアシンスハウスは窓ばかりの住居だ。もしカーテンを閉め、雨戸を立て切ってしまえばたぶんこの小屋は死ぬだろう。カーテンと窓を開け放てば、光が室内に充溢し、風があらゆる方向から吹きこんでくる。誰かがやってくる。ノックの前にもう窓越しにその人が見えている。やあ、と手を挙げる。どの方向から人がやってきても、すぐに感知できるように神経がはりめぐらされ、震えている。誰かを待つ家——それがヒアシンスハウスの本質的な「心地」ではないだろうか。

思えば、立原には、なんと「人を待つ」詩が多いことだろう。

その道は銀の道　私らは行くであらう
ひとりはなれ……（ひとりはひとりを
夕ぐれになぜ待つことをおぼえたか）
（「またある夜に」）

ああ　不思議な四月よ！　私は　心もはりさけるほど
待ちうけてゐた　私の日々を優しくするひとを
（「うたふやうにゆつくりと……」）

僕はちつともかはらずに待つてゐる
あの頃も　今日も　あの向うに
かうして僕とおなじやうに人はきつと待つてゐると
（「燕の歌」）

もし人がやってきたら、すぐに中に招じ入れ、笑い声が、あるいはしめやかな語らいが、小さな居住空間を満たすだろう。いくばくかの時間が経ち、二人はやがて出てゆく。友人を駅まで送るため、あるいは恋人と新しい住居をさがすため。独身者の住居――しかしそれは恋人との営巣でないのはもちろんのこと、孤独のうちに夢想に沈潜するベンヤミン流の「スタジオ」でもない。

もし誰も待つことができなかったら。昭和十三年、悠揚と人を待っているような生の態勢をもはやこの建築家兼詩人は取ることができなかった。健康を理由に休職し、書簡の言葉を借りれば「ゲニウス」の衝迫に駆られて、病身を押して盛岡から長崎へいたる長い旅に身を投ずる。そのあいだに綴られたおびただしい言葉の群れを読んでみても、命を縮めるような無謀な旅行をしなければならない動機を立原自身が自問の末につかめていない。旅の終わりで力尽きたとき、彼の脳裏に浮んだのは慈母のイメージだった。若くなった母が、ここが「私たちのうち」なんだよ、どこにも行かなくていいからお眠り、と静かに頭を撫でてくれることを高熱と血痰に悩まされながら憧憬する（「長崎紀行」＊旧来「長崎ノート」と呼ばれていたもの。十二月九日の記述)。

「私たちのうち」——一年たらずのあいだに、立原はヒアシンスハウスが体現する「心地」から遠いところへ来てしまっている。あの小住宅が設計者の存命中に実現しなかった理由は、かならずしも現実の制約ばかりとは言えないのではないか。

それから　朝が来た　ほんたうの朝が来た
また夜が来た　また　あたらしい夜が来た
その部屋は　からつぽに　のこされたままだつた

(「小譚詩」)

*

また翌日、地下鉄の都営大江戸線の新江古田駅で下り、地上に出て南下する。コンクリートの深い谷にわずかな水流の川が住宅地を区切り、北江古田公園という閑散とした公園があらわれる。南側の斜面はフェンスで仕切られ、その向うには都内では稀と言ってよいほどの鬱蒼とした森が広がっている。「国立療養所中野病院跡地一帯」の掲示が立ち、周囲が近隣の非常時の避難場所であることを知らせている。国立療養所中野病院の前身は大正九年に創設された東京市立療養所、結核治療のためのサナトリウムである。

昭和十三年十二月、長崎で喀血して帰京した立原は東大病院で診察を受け、そのあと入院したのが東京市立療養所であった。福田眞人は日本の「サナトリウム文学の系譜」のうちの一人として立原の名前を挙げている。しかし晩年『風立ちぬ』にあらわな批判をあびせた立原に、病気を美化して描くようなことはまったくなかった。ただし最後の手記類にみられる焦慮と疲労感の交錯はたしかに結核のもたらした刻印であったのかもしれない。

十年ほど前までは、この公園から南を見上げると、ほの暗い木立の間に、まさしく廃墟となった（記憶によれば）二階建ての木造建築が何棟かしんと建っているのが見えた。あれがおそらく「五月の風をゼリーにして食べたい」というよく知られた言葉を立原が病床で残した、その病棟だったのだろう、と当時思っていた。もう影も形もなくなっている。

一帯は再開発の真っ最中である。中野区はこの病院跡地を緑地と福祉と防災の観点から有効利用する大規模な「江古田の森」整備計画を推し進めているという。夏草が生い茂り、工事用のフェンスには大きな腹のカマキリがとまっている。今日は何の詩句の断片も浮んでこない。隣接する集合住宅は炎暑の中に静まりかえっている。

＊引用・参考
『立原道造全集』第一巻（二〇〇六年）、第二巻（二〇〇七年）、筑摩書房。

『立原道造全集』第五巻、角川書店、一九七三年。

立原道造記念館 http://www.tachihara.jp/

ヒアシンスハウス http://haus-hyazinth.hp.infoseek.co.jp/

永峰富一「立原道造・夢の継承——別所沼のヒアシンスハウス」『新建築』二〇〇五年三月号。

特集記事「ヒアシンスハウス」『住宅建築』二〇〇五年三月号。

中村好文『普段着の住宅術』王国社、二〇〇二年。

竹山聖『独身者の住まい』廣済堂出版、二〇〇二年。

福田眞人『結核という文化』中公新書、二〇〇一年。

＊追記
立原道造全集は現在新編集による決定版が筑摩書房より刊行中で、今回は絵画や建築図面、スケッチなどを収録した一巻が含まれている予定である。活字だけでは見えてこないものに大きく接近できるようになるはずである。

「江古田の森」整備計画はその後、二〇〇七年四月一日に「江古田の森公園」が完成、開園の運びとなり、植生豊かな憩いの場となっている。

藤森照信は再現されたヒアシンスハウスを訪れ、「住むことはできても、暮らすことはできない」「最小限住宅でもひとり暮らしの家でもない」と述べ、最近の建築で目立つ一派である（藤森名づけるところの）「分離派」――住宅の諸機能と各部屋を敷地の中でばらばらに分散して配置しようとする傾向――の先駆作ともいえるものである、と述べている。「立原道造の『ヒアシンスハウス』抒情詩人の小部屋」『藤森照信の原・現代住宅再見3』ＴＯＴＯ出版、二〇〇六年。

正岡子規「韻さぐり」

正岡子規を一陣の押韻の風が吹きぬけたのは、明治三〇年初頭のことであった。

以前から新体詩の制作にも手を染めていた子規は、従来の新体詩にあきたりなさを感じるとともに、みずから制作するにあたっても足許の定まらないようなおぼつかなさを感じていた。何かが足りない。漢詩でも英詩でも詩というものは必ず韻を踏む。日本語の新体詩も脚韻を導きの糸にすればいいのではないか。

明治三〇年二月十四日、松山中学時代からの友人である竹村鍛（河東碧梧桐の兄）へ宛てた書簡の中で子規は次のように書いている。

小生モ今年ニナリテハ押韻ヲハジメ申候　苦シケレトモ面白ク候
此頃ハ句切ヲモ研究致居候　押韻ヲハジメテ後ハ小生ノ詩佶屈ニナリシト見エ他人ノ新體詩ハ文章ノ如ク思ハレ候　支那ノ詩ヲ見テモ西洋ノ詩ヲ見テモ今日ノ新體詩ノ如ク散文的ナルハ見ウケ申サズ候
Wordsworth ノ如キ尤モ詩語ナル者ヲ惡ミ散文的ニモノシタルヤウナレドサレド今日ノ新體詩ノ如キニハアラズ　小生ノ考ニテハ今日ノ新體詩ハ詩ニ非ズ〈ト〉存候　卑見申上候　高教ヲ煩シ度候

漢詩や西洋の詩にくらべれば日本の新体詩はまるで散文ではないか、というのはその後も別の人間によって繰り返されることになる批判だった。子規にとっての「詩」とはルールのあるもの、何らかの拘束があってはじめて散文と異なる価値が生じるものである。ルールや拘束は必然的に詩を「佶屈」なものとするが、それは古今東西「詩」の常態であり、「佶屈」を晦渋の理由で否定してしまえばそれは韻文の価値を否定するに等しい。それはまた同時に詩人の「苦シケレトモ面白ク候」という創造の醍醐味まで否定するに等しいのではないか。続く二月十七日に記された夏目金之助（漱石）宛書簡では、韻の響きあいをさぐる詩人の「苦痛と快楽」がつぶさに述べられている。

新體詩に押韻を初めたところが實にむつかしい　更に句切の一致をやつて見た處が更にむつかしい、更にむつかしい程更に面倒くさい。更に面倒くさいほど更ニ面白い、四五日前にハ毎夜發熱にもかかはらず二時三時迄夜を更かして一篇を作るに四日程かゝつた　頭がわれるやうに苦しいこともあつた　目が見えぬ迄に逆上した事もあつた　併し出來て見ると下手でも面白い　病気なんどはどうでもいゝと思ふ。

同時期に書かれたエッセイ「新體詩押韻の事」(明治三〇年三月発表)は効果的な韻の量や間隔を具体的に検討し、後の九鬼周造の探究の先蹤となった。この理論的エッセイは漢詩や英詩との比較を踏まえた考察が前面に出ているが、子規は時代の啓蒙家としての立場からのみ新体詩の押韻を説いたわけではない。漱石宛書簡には次の告白が続く。

僕の身はとうから捨てたからだゞ　今日迄生きたのても不思議に思ふてゐる位だ　併し生きてゝ見れは少しも死にたくはない、死にたくはないけれど到底だめだと思へバ鬼の目に涙の出ることもある、それでも新體詩か何かつくつてゐればたゞうれしい、死ぬるの生きるのといふはひまな時の事也　此韵はむつかしいが何かいゝ韵はあるまいかと手製の韵礎を探つてゐる間に生死も浮世も人間も我もな

い天下ハ韵ばかりになつてしまつてゐる　ア、有難い此韵字ハ妙だと探りあてた時のうれしさ

韻を踏むという、一見すると些事にみえる言葉の上での試みが、ここではひとりの人間を生の無残と死への不安から救済する瞬間をひらいている、と読んでよいだろう。

*

引用した書簡に見える「手製の韵礎」とは、今日「韻さぐり」として知られる子規手製の語彙集をさしている。明治三〇年一月に着手され、完成した形態には達しなかったものの、一朝一夕では執筆しえない量の原稿として残されている。

「韻さぐり」は、五十音「あかさたな……」の順に同韻の語を蒐集し

た、一種の個人的逆引き辞典である。たとえば「か」の項であれば、

烟霞《エンカ》　銀河　月の中《ナカ》　月最中《モナカ》

鷹角鷹、荒鷹、巣鷹、それ鷹　鹿雄鹿、小男鹿雌鹿、孕鹿

アジカ　烏賊……

からはじまり、

大阪　戸塚　黒塚　松坂　縣下府下、都下、市下、城下　谷中《ヤナカ》

國家　コルシカ　天下満天下一天下

と地名語彙の連想を経て、

暖カ　清ラカ　涼ヤカ　ナダラカ　アラタカ

シメヤカ　柔ラカ　マメヤカ……

と形容詞群を通過し、

行くか

行かんか

行くべきか　歸らんか

に終わる。

そもそも子規には言語収集癖・記録癖がある。一切を枚挙・羅列して世界を把握する型の人間なのだ。有名な『仰臥漫録』等の日記に見える食物名の列挙は、単なる「食いしん坊」で片づく問題ではない。実際に食べることと、それを執拗に記録することは別の次元に属する事柄である。子規にとって、世界内に生起するすべての出来事は、言語によって記録されてはじめてみずからの経験として存在するものであった。「写生」はそういう子規の気質から自然に発生する説であったかもしれない（一方、親友だった漱石は、どちらかというと一つの原理で世界を把握する型の人間である。あの『文学論』のＦ＋ｆの定式を見ればわかる）。

しかし、「韻さぐり」の子規はすでに『病牀六尺』の世界に縛り付けられていた。よりどころは自分の言語中枢だけである。一つの言葉が次の言葉を呼び出し、またそれが次の言葉を呼び出してゆくダイナミズムに身をまかせる以外、どんな方法があるだろう。辞典としては不完全であるほかないが、逆にそのおかげで国語学者の山田忠雄が「其の聯想の奔放自在なること、天馬　空を行く概が有り」（全集第二〇巻末「参考資料」）と評した過剰性と疾走感が生じることになった。

どこでもよい、今度は「た」の項を見てみよう。

風下《シタ》
豚腸《ハラワタ》
蔦鬼蔦 姫蔦　綿《ワタ》木綿　木の股　杜若
田山田、水田、春田、冬田、青田 一枚田、刈田、穭田、瘦田、古田　瀬田　天が下
熱田　龍田　縣《アガタ》　山形　堀端川端　上方　波ノムタ
潟干潟 汐干潟　巷《チマタ》修羅ノ巷
板戸板、屋根板、床板 立板、張物板　俎大俎　鉈……

「た」の韻の前で子規の意識はやや遅滞したあと、「田」の語彙に至って加速をはじめる。自然から地名へ、そして人事へというおおまかな流れはあるものの、いったんスピードにのった言語の連想は辞書的な厳密さをけ散らし、重複も厭わない。

鍬形　下駄高下駄駒下駄　雪踏　靴下　ズボン下　浴衣

博多　穢多《ママ》　馬方　目下《シタ》　奥方　女形　畑（時能）

屋根板床板　館《ヤカタ》　桁湯桁　升形

ぬた

舌二枚舌　腸《ハラワタ》　姿後姿御姿　痘痕《アバタ》　股《マタ》

北眞北西北　下《シタ》眞下　歌ざれ歌、田舎歌、長歌、短歌、小歌舟歌、馬士歌、はやり歌

數多《アマタ》

形《カタ》鑄形雛型　沙汰無沙汰　下手《ヘタ》　滅多　姿ハデ姿伊達姿　……

記された語彙の奔流を音読していると眩暈がしてくる。まるで子規の脳髄の情報伝達経路を高速でひきずりまわされるような感じだ。もし幸田露伴だったら、文献を博捜し、考証を加え、もっと秩序だった形に仕上げたことだろう。だがその場合、辞典としての有用性はともかく、現

在の「韻さぐり」が映し出している混沌たる言語のエネルギーは穴を穿たれてしまったにちがいない。

韻を探るために逆引き辞典を編纂しようとする発想自体は、それまでの伝統の中で特別めずらしいものではなかった（さきに触れた山田忠雄の論文では、江戸時代までのわが国の語末検索辞書について概観されている）。子規はその後、新体詩創作を放棄し、「韻さぐり」の原稿も未完に終わってしまった。残された新体詩に、彼の短歌や俳句のごとく人口に膾炙する作品はない。しかし、たぐい稀な言語収集者であった子規が、ことばの奔流に身をまかせたさまをつぶさに写し取ったこの「韻さぐり」は、それ自体が一篇の、新体詩をはるかに突き抜けた「早すぎた現代詩」の様相を呈している。

＊引用・参考

『子規全集』第十八巻（一九七七年）、第二十巻（一九七六年）、講談社。

堀内統義『子規の「韻さぐり」―現代詩の現場から―』、季刊『子規博だより』VOL18-3、平成十一年一月。

＊

引用部には今日の人権意識に照らして不当な用語が含まれているが、資料としての意義を考え、原文をそのまま引用することとした。

V

危機の詩学

九鬼周造「日本詩の押韻」覚え書

1

一九八〇年代後半から九〇年頃にかけて、詩壇の一部に「詩の定型」をめぐる議論が起った。議論の中心にいた飯島耕一によれば、日本語の詩に定型を求める議論は「四十年に一度」回帰するという。[*1] 一九〇〇年前後の正岡子規や岩野泡鳴の実作と論考、一九四〇年前後の九鬼周造の押韻論やマチネ・ポエティクの実作、そして一九八〇年代末の、当の飯島氏自身が関わった「定型論争」、と考えれば、たしかに四、五十年に一度の周期で日本語の詩における定型、とりわけ脚韻の是非を問う論文や実作が眼にふれる形で企てられている。

その中でも九鬼周造の一連の押韻論は多彩な引例と緻密な構成、そして論旨の一貫性を備えており、日本語の詩において押韻が論じられる場合には現在でもかならず参照される決定的な位置を獲得しているといってよいだろう。[*2]

2

「日本詩の押韻」は、九鬼周造がその活動のほぼ全期間にわたって執着した主題であった。現行の九鬼全集（岩波書店、一九八〇―八二年）中、押韻論に関連したテキストは次の四種類を数えることができる。

①「邦詩の押韻について」（全集第五巻所収）。昭和五年三月『冬柏』に発表。
②「日本詩の押韻」〔A〕（全集第五巻所収）。昭和六年一〇月十六日、十七日の二回にわたり『大阪朝日新聞』に発表。
③「日本詩の押韻」〔B〕（全集第五巻所収）。昭和六年十月、岩波講座『日本文学』に発表。
④「日本詩の押韻」（全集第四巻所収）。昭和十六年九月、岩波書店刊行の単行本『文藝

論』に発表。

他に講義ノート「文学概論」（全集第十一巻所収、昭和八年度の京都帝国大学文学部における講義）中にもまとまった記述を見ることができる。[*3]

①から④にかけて、発表媒体に応じて、また内容の発展を反映して、段階的に分量が増加している（現行全集の頁数で数えるならば、①は九頁分、②は七頁分、③は約一九八頁分、④は約二九〇頁分）。②と③の〔A〕と〔B〕は、それぞれを④から区別するために全集編纂者が付けた記号である。なお、③に九鬼が加筆した手沢本が二種類残されているが、④の『文藝論』所収のものを決定稿とみなすゆえに採用しなかったという（第五巻の解題）。以下、小文ではこの四種類のテキストを、原則として①から④までの番号で指示することにする。

テキスト③の冒頭には前書きとして発表までの経緯が記されている。

この一篇は私の巴里滞在中に出来たものである。昭和二年の三月と四月に、私は雑誌『明星』へ寄稿のつもりで与謝野寛氏、同晶子夫人宛てに「押韻に就いて」と題する原稿を巴里から送つた。同年五月『明星』の休刊と共に、その原稿は満三年間与謝野氏の許に保管されるやうになつた。その間、私は原稿の返却を再三乞うたが聴き容れられなかつた。昭和五年三月、雑誌『冬柏』の創刊と共に、同雑誌第一号に突然、私の原稿の第一節が掲載された。それは私の意志に反してゐたから、第二節以下の掲載を見合はせてもらつた。同時に原稿の一部分だけは校正刷の形で返却してもらふことが出来た。しかし私の自筆の原稿は保管中に全部紛失して了つたとの通知を受けた。今回、本講座に執筆することになつたので、私の手許に僅かに残つてゐた書き荒しの草稿を取出して加筆したのがこの一篇である[*4]（五 273）。

この文章によれば、もっとも小部な①は昭和二年三月・四月の段階で完成していた押韻論の第一節のみに当たるという。見比べると、たしかに①はテキスト③の第一節「一 押韻の芸術的価値」にほぼ相当している。九鬼の言葉を信じるならば、すでに昭和二年初頭の時期において、十分な分量と構成を備えた③の押韻論に近いものが形を成していたと考えられる。

昭和二年、すなわち一九二七年は、三十九歳の九鬼が足かけ三年間滞在したパリからドイツにもどり、フライブルグ大学に移った年であった。短歌「巴里心景」や詩を『明星』に発表するかたわら、前年の一九二六年には『「いき」の構造』の準備稿にあたる「「いき」の本質」をすでに書き終えていた。この時期から九鬼の押韻論が③のテキストのごとくかなり完成した形をとっていたとするならば、少なくとも『「いき」の構造』よりその出発点が遅いということはなく、パリから送られた詩作品にはすでに押韻を施したものがあるところから、それらの詩作と同時（大正十四、五年）か、あるいはそれ以前に源泉すると推測される。

テキスト②は新聞掲載記事であり、③④と比べれば短いもので、作品引用などはすべて省かれている。しかし押韻反対論に対する反駁という、①には見えない内容を含んでいる点で、すでに完成していた③の要旨といった趣きをもつ。

③ではじめて九鬼の押韻論の全貌が姿を現わす。扉には九鬼が押韻論を構想するに際しておそらく大きな力を与えたポール・ヴァレリーの「暁」Aurore からの一節が原詩のまま掲げられている。

テキスト④は③から十年の歳月を隔てて発表されたものである。③に比べるとかなり増補・改訂されているものの、全体の構成は③と基本的に変わらない。十年の間に九鬼の押韻論の骨子が大きく変化することはなかった。しかし後にふれるごとく、増補された箇所には看過できない点も含まれている。

④は九鬼の没後に刊行された『文藝論』に収録されたテキストである。命日が昭和十六年五月六日、『文藝論』刊行が九月で、同年十一月にやはり生前から刊行が準備されていた随筆集『をりにふれて』が刊行されているが、天野貞祐の手になるその「後語」に次のような文が見える。「初めて私が病院に彼を訪ねた時に『文藝論』の為にあまり無理をして健康を害してしまつた、しかし『文藝論』を完成し校正も略〻すんだから死んでも更に憾むところはないと語つた」（五152）。『文藝論』中、「日本詩の押韻」がその約半分の分量を占めていること、またその増補・改訂の内容を考えあわせると、健康を損なってまで旧稿に手を入れた労力の大部分が「日本詩の押韻」のために費やされたことが推測される。九鬼周造の押韻論は『「いき」の構造』や「偶然論」と同等、あるいはそれ以上の時間と労力が注がれた主題であり、テキスト④はほとんど彼の最後の作品といってもよいものであることがわかる。

3

今日、九鬼周造の著作でもっとも知られた『「いき」の構造』が、「民族」の名のもとに閉じられた方法を採用していることは疑いを容れない。

『「いき」の構造』は、「序説」においてまず「いき」という日本語と同一の意味内容を有する語がヨーロッパ各国語に見出されないことを論証することからはじまる。フランス語のchicも、coquetも、raffinéも、似た部分はあるにせよ「いき」という語の徴表を十分にはあらわしえない。アジア諸言語をひとつも検討せず、ヨーロッパ語、それもほぼフランス語だけを足早に検討した九鬼は次のように結論を出す。

要するに「いき」は欧洲語としては単に類似の語を有するのみで全然同価値の語は見出し

得ない。従つて「いき」とは東洋文化の、否、大和民族の特殊の存在様態の顕著な自己表明の一つであると考へて差支ない。[*5]（一 12）

さらに「大和民族の特殊の存在様態の顕著な自己表明」である「いき」を理解するに際して、それは「具体的な、事実的な、特殊な「存在会得」でなくてはならない」（一 13）と述べ、「「形相的」であつてはならない。「解釈的」であるべき筈である」（一 13—4）という方針のもと、日本語の体系の内部において「いき」という語の占める位置を確定してゆく。それは日本語以外の文化体系を参照しない手法であり、第二章「「いき」の内包的構造」では「要するに「いき」とは、わが国の文化を特色附けてゐる道徳的理想主義と宗教的非現実性との形相因によつて、質料因たる媚態が自己の存在実現を完成したものである」（一 23）と定義され、第三章「「いき」の外延的構造」では共時的な言語体系の中での類似意味を検討し、結晶のように明快で静止的な「直六面体」を構成するにいたる。そして結局、「いき」は民族に特殊な「体験」であるから、それは比較に立った価値検討や概念的分析ではなく、最終的には絶対的な「会得」あるいは「悟得」「味得」という方法で価値が理解されなければならない。「「いき」の研究は民族的存在の解釈学としてのみ成立し得るのである」（一７８。傍点原文のまま）。この文は形を変えて、末尾でも繰り返される——「「いき」の核心的意味は、その構造がわが民族存在の自己開示として把握されたときに、十全なる会得と理解とを得たのである」（一８１。傍点原文のまま）。

つまり、『「いき」の構造』は日本語によって構成される文化体系の内に、他の言語文化体系と絶対的に通約不可能の部分を探りあて、そこに探究の可能性を置いた作品であった。一方、同じ滞欧時代に端を発する押韻論は、『「いき」の構造』とまったく逆の論理を採用している。いまテキスト③を例にあげるなら、「日本詩の押韻」前半部はほぼ「日本語は押韻に適しない言葉ではあるまいか。日本詩の押韻とは日本語の独自性に対する不理解に基いた空想ではあるまいか」（五２９３）という諸家の疑念に対して緻密な反証・反論を展開する内容となっている。第三章から第六章にわたり、疑念を批判しつつ詳細に日本語押韻の可能性が説かれるのだが、その方法は『「いき」の構造』とはうって変わり、積極的に他言語との比較という手法をとるものであった。

第三章の「日本詩の押韻可能性、積極的理由」においては日本の古典詩歌から頭韻、掛詞、同語反復などの例を列挙し、そこから脚韻へと発展する道筋をみきわめようとするのだが、そこで比較対象として取り上げられるのはラテン語の詩の押韻発達過程である。第四章以下の「日本詩の押韻可能性、消極的理由」においては、(イ)の「文字」では英仏の語彙が、(ロ)の「単語の聴覚上の性格」ではやはりラテン詩、フランス語詩が、(ハ)の「文の構造」ではドイツ語詩がそれぞれ「日本語特殊説」反論のために援用される。

さらに第七章以下に続く「韻の量」「韻の質」「韻の形態」の各章では、必要に応じて英・独・仏・伊・ラテン・中国古典のそれぞれの詩作品が日本語の作品と並列されて考察されている。要するに九鬼の押韻論にあっては、日本語の「民族的特殊性」は決して強調されることがない。各言語もしくは「民族」に特殊なものを掘り出そうとするのではなく、複数言語に普遍的なものを想定し、その中に日本語および日本語の詩を位置づけようとする姿勢が一貫しているのである。

九鬼は第十章「押韻の普遍性」において、押韻の非西洋発生説をあげ、それが西洋に伝わったという説を紹介する。

元来、押韻は決して西洋に起源をもつものではない。押韻が規範的意味をもつて発達したのは東洋にありとされてゐる。印度を発生地と考へる学者もある。またペルシアも押韻の起源について今云つたベエラムとディレラムの伝説をもつてゐる。いづれにしても西洋は押韻法を東洋から学んだのである。(五415)

説の真偽は措くとしても、またこの引用部にさきの『「いき」の構造』引用部の「東洋文化」の残響を聴くとしても、押韻伝播説の概要のあとに次のように九鬼が書いていることは見落とすべきではない。

およそ一国の詩にその民族の特色を見なければならぬのは云ふまでもない。しかしまた他面にあつて各国の詩に共通のものをも忘れてはならない。律と韻とは各〻の国語の性格によつて量または質の上に民族的特殊性をもつてゐる。それと同時にその形態においては否むべからざる普遍性を備へてゐる。(五417)

これが『「いき」の構造』の姿勢と反対の姿勢、あるいはそれを補完する立場にあることは容易に見てとれよう。『「いき」の構造』の方法が「解釈的」であるとするならば、押韻論の方法は『「いき」の構造』で否定された「形相的」なものであった。そして『「いき」の構造』が日本語の歴史に解釈学という武器で垂直に沈潜するものであったのに対して、押韻論は、日本古典の中に「積極的理由」を探る垂直の軸と、そしてまた同時に他言語との形式的類似を探り、また同時代の詩作品を博渉するという水平の軸との双方を備えていたのである。

坂部恵は「日本詩の押韻」に見られるこのような方法上の特徴を「ひらかれた文化多元論的な視点」と呼び、それは押韻論のみならずヨーロッパ滞在時代の「ポンティニー講演」、また『「いき」の構造』の『思想』発表稿の段階においては見られたもの、という。[*6]

もちろん、『「いき」の構造』と「日本詩の押韻」に見られるそれぞれの方法上の特徴は表裏一体のものであり、いずれも九鬼周造がヨーロッパにおいて危機にさらされたみずからの文化的自己同一性をなんとか防衛し回復するために採用されたものであったと理解することも可能である。近代日本の規範であったヨーロッパ文化を内側から体験する歳月にあって、対象への理解が深ければ深いほどなおいっそう、みずからの文化的自己同一性を擁護しようとするならば、それは「日本文化」の比類を絶した独自性を強調するか、あるいは規範的に働く異文化の諸要素をみずからの内にみいだし、断絶より連続を強調することによって不安や劣等感を解消する方向かになりがちだろう。そう考えるとき、九鬼に押韻論の執筆を促した動機として、『「いき」の構造』に伏在していたヨーロッパへの対抗意識、ないしは文化的民族主義が想定できないわけではない。

しかし、『「いき」の構造』はその後、主題としてさらに発展することはなかった。むしろ「自然」「意気」「諦念」という「いき」を構成する三つの契機を、日本文化の主要な三つの契機として、それを「三種の神器」に象徴させるというような発言（「日本的性格について」一九三七年、全集第三巻所収）がなされている。これは発展というよりは変質というべきであり、その変質は『「いき」の構造』が採用した「民族的存在の解釈学」という方法それ自体が内包していた陥穽ではないだろうか。一方、一連の押韻論においては、「日本的性格について」に見えるような単純な国家主義イデオロギーへの転落は、最後のテキストである④においても基本的には存在しなかったといいうるし、現在でも日本語詩の定型論議で参照されるごとく、議論に開かれたテキストとして存在している。これは九鬼の押韻論が採用した、日本語の中に他言語と共通する普遍性を求めるという方法そのもののおかげではなかっただろうか。

4

しかし、次のような文章がすでに②のテキストの末尾に載せられていることにも注目しなければならない。

韻の世界は拘束の彼岸の夢のやうに美しく浮んでゐる偶然と自由との境地である。さうしてわが国の詩人は自己に委ねられた国語の音楽的可能性を発揮させて詩の純粋なる領域を建設することを、自らの使命の一つと考へなくてはならない。それには既存を回顧して伝統の中に自己と言葉とを確実に把握すればよい。与へられた可能性を与へらるべき現実性に展開せしめ、匿された潜勢性をあらはな現勢性に通路せしめさへすればよい。この使命が果されたときに初めて「言霊のさきはふ国」といふことが聊かの欺瞞なくいはれ得るのである。特にわが国現時の詩人は、散文的危機から今日の詩壇を救ふことが、投げられた瞬間の課題であることを自覚しなくてはならない。（五２７０）

詩人の使命は「国語の音楽的可能性を発揮」させることであり、それによって「言霊のさきはふ国」としての日本を顕揚すること[*7]——詩人という存在を国家と直結しようとするこの言説には、『「いき」の構造』を「日本的性格について」に変質させた閉鎖的民族主義の片鱗を透かし見ることができる。だが同時に「散文的危機から今日の詩壇を救うこと」という語句が注意をひく。本来なら「言霊のさきはふ国」に仕えるために切磋琢磨すべき詩人たちは、現今ひとつの堕落した危機的状態に陥っていると九鬼はいう。「散文的危機」——これについては、③のテキストの冒頭でより明確な形で述べられている。

なほ今日は民衆詩人によつて詩の形式の単純化が主張され、プロレタリア文芸の名において散文主義が短歌の律格をさへも覆さうとしてゐる。この時に当つて日本詩の押韻を問題とするのは、時代錯誤を敢てするもののやうである。しかし、今日の日本詩壇が行き詰つてゐることは公平な観察者の斉しく認めるところであらう。さうして詩の散文化に対して反対の潮流が働きかけることは少なくとも無意味のことではない。要するに日本詩押韻の問題は枯渇した過去の問題ではない。顫へつつ鼓動する尖端の問題である。（五２７４）

「民衆詩人」や「プロレタリア文芸」による詩の形式の単純化・散文化についてはテキスト②の冒頭にも触れられているが、①には見られない。九鬼は帰朝して後の一年余の時間で関心のみちびくまま同時代の詩を読み、自分の押韻論を発表する意義への確信を深めたのではないだろうか。九鬼自身は専業的な実作者でなかったにもかかわらず、「顫へつつ鼓動する尖端の問題」という表現には、ひそかに抱いていた押韻への関心がはからずも同時代の文学的課題に遭遇してしまったという、高揚した危機意識を聴き取ることができる。長期にわたる西洋体験による文化的自己同一性の危機意識を背景とし、加えて同時代の文学言語の危機——はっきりと九鬼はそう捉えていた——に対する切迫した応答でもある「日本詩の押韻」は、たしかに「危機の詩学」といってよい相貌をもっている。

「プロレタリア文芸」はとりあえず措くとして、ここでいう「民衆詩人」とはいったいどんな存在であったのだろうか。

日本の近代詩が戦争詩に突入していく過程を「朗読する詩─耳で聴く詩／書く詩─目で読む詩」の対立という観点から通時的に捉えた坪井秀人は、「民衆詩人」＝「民衆詩派」について次のように述べている。「民衆詩派が国権論的な成り立ちを持つ新体詩から戦争詩へと見えざる太い架橋を形づくっている、そしてその民衆詩こそは（詩壇を長く維持したという経緯のみならず）日本近代詩の最も凡常な姿、スタンダードを形成したという意味で無視することの出来ない役割を果たしている」。[*8]「民衆詩派」とは、ふたたび坪井氏の説明を借りれば、一九一〇年代後半以降の十年間にアメリカ民主主義詩人や白樺派等の人道主義の影響下にあらわれ、一九一八年創刊の『民衆』に集まった福田正夫・白鳥省吾・加藤一夫・富田砕花・百田宗治・井上康文らのグループを指すという。しかし彼らだけではなく、千家元麿・山村暮鳥・室生犀星・福士幸次郎・佐藤惣之助らの詩人たちも主題（人道主義・人類愛）・形式（散文化）の双方において民衆詩派と共振もしくは補強するものをもっていたというかなり広範な運動体であり、実質的に大正期の詩壇を支配した。[*9] ちなみにこの民衆詩派が推進した「詩の散文化」に危機感を抱いたのは九鬼周造だけではない。よく知られたところでは北原白秋が大正十一年に発表した「考察の秋」という文章がある。その中で白秋は民衆詩派の代表的な詩人である白鳥省吾と福田正夫の作品を行分けしない形に書き直し、はたしてそこに「詩としてのやむにやまれぬリズムのおのづからな流れがあるか、どうか、それを感覚的に当つていただきたい」[*10]と読者に呼びかける形で率直な疑念を表明している。

大正詩壇の主流であった民衆詩派の、かぎりなく散文に近い詩体からみれば、文字の視覚性を重視した象徴主義の詩も、絵画性・視覚的な造形性に親近するモダニズムの詩も、実は傍流でしかなかった。そして隆盛を見た民衆詩派の詩が、難解な「目で読む詩」としての象徴詩やモダニズム詩への反発を内に含み、「耳で聴いてわかる詩」として散文化したと考えると、九鬼の「日本詩の押韻」はどちらからもずれた微妙な位置に立つことになる。詩の「散文的危機」に対抗する手だてとしての押韻も、結局は民衆詩派と同じく、必然的に「耳で聴く」ことを前提とするものであったからだ。

坪井氏の著書は戦争詩とラジオという放送メディアとの結託を詳細に暴いてみせるが、当時増加しつつあったラジオでの詩朗読放送を反映して、九鬼のテキスト④の増補部分（昭和六年発表の③に該当部分はない）には次のような文章が見える。

韻とは聴覚上の事実である。耳に聴くべきもので、眼に見るべきものではない。視覚の範囲に属する文字とは、本質的には関係のない筈である。このことは、ラヂオによる詩歌の朗読放送が行はれる今日にあつて、特にはつきり感じられることである。ラヂオが印刷機械の後に発明されたことは、聴覚文明が既成の視覚文明の一角を破つて、我々の生活に歌謡発生時代の原本性を再び取戻してくれたことを意味してゐる。（四285―6）

厳密にいえば、押韻を感じとる「聴覚」と、詩の朗読によって実現される詩の「音声化」とは別のレベルの問題である。しかし民衆詩派の散文性から「詩壇を救う」ことを押韻論執筆の動機として記した九鬼は、その押韻そのものが必然的に要求する聴覚主義的な性格のため、九鬼自身の意図とは逆に「耳でわかる」民衆詩、さらにはラジオ朗読と親近する戦争詩に隣接する位置に立ってしまっていた。右の文を信じるなら、九鬼はラジオを通して、「聴覚文明」時代にふさわしい、あらたな「言霊」の顕現を真剣に期待していたのかもしれない。

しかし、日本の詩人たちのうちに押韻反対論を述べる人が多いことを嘆き、その詩人たちに対して「彼等は美のために一生を捧げた人たちの筈である。あらゆる新兵器を獲得し、あらゆる新戦術を運用して、美の擁護のために前線に出動しなくてはならない筈である。日本語に内在する難点を羅列して、押韻のことを顧みようとしないのは、機械製作の困難や、ガソリンの不足や、島国の天候不順を理由として、空軍の建設を怠るのに類するところはないであらうか」(四320)などという武張ったレトリックをテキスト④に忍びこませた九鬼だが、その実作がラジオの朗読で流れることはまずなかったであろうし、戦争詩の作り手が「日本詩の押韻」から示唆・影響を受けて押韻詩を作成・朗読したということも、おそらくなかったであろう。時代の中で九鬼周造の押韻論は孤立していた(そもそも西欧各国語の詩から中国古典詩までの引例をすべて読みこなせる人間が実作者の中にそうたくさんいたとは思えない)。続く戦後の『マチネ・ポエティク詩集』の脚韻定型詩も、その序文をみるかぎりマニフェストの骨子はほとんどすでに九鬼によって言及されていたものであったが、基本的には九鬼からの「影響」を否定し、あくまで別個にはじめられたものであることを主張する。同人であった中村真一郎は次のように書いている。

さて、当時、ある人たちが推測したように、私たちは九鬼博士の論文を読み、それに刺戟されて、実作を試みたのではない。……〔中略〕……

九鬼博士の論文の存在を知ったのは、私たちの実験がかなり進展した後（恐らく戦時中）だったような気がする。私たちの小さなグループの外に、実作が手書きで流出しはじめた時に、誰か友人の学者が、それなら既に先達がいる、と云って教えてくれたのだったろう。

私たちは博士の論文を読み、私たちよりも網羅的にわが古典のなかに（特に古代の長歌の中などに）定型を模索していることに興がった。又、実例として盛んに出てくるラテン詩、特にイタリア詩の分析は、当時、ローマやイタリアの詩に凝っていた私や福永を喜ばせた。しかし技術的な面では、博士から教わる個所はなかった。[*11]

5

「日本詩の押韻」は、哲学者の全体を捉えようとする人を別とすれば、当然「日本語で脚韻が可能か」という問題意識から読まれる場合が多いものと想像される。これは作詩をする立場からの問題意識である。しかし同時に、九鬼自身の「詩の読み」という観点からもその押韻論を考えてみることができるだろう。

テキスト③から④への増補・改訂に関しては右にも多少ふれたが、両者を比較すると、実際の頁数の増加を担うのは本文ではなく、主として引用作品(と九鬼自身の実作例)の増補である。引用作品の増補に関しては二種類ある。ひとつは、すでに③において作者名と作品名を記述しながら、おそらくは紙幅の関係で作品引用自体を控えたものを復活させたものであり、もうひとつは④においてはじめて引用されるものである。後者の場合、すなわち④においてあらたに付け加えられた引用作品を調べると、日本の古典詩や外国詩は少数で、その大半が明治以降の近代詩であることがわかる。その中には明確に押韻を意識した作品のある正岡子規や与謝野晶子が引用されているのはもちろんのこと、宮澤賢治や中原中也、伊東静雄など、今に人気を保つ同時代の詩人、さらには白鳥省吾や井上康文など、詩の「散文化」を担ったはずの民衆詩派の作者たちまでが含まれており、詩壇における派や傾向等を顧慮することなく引用例が選ばれていることがわかる（付載「引用作品・作者一覧」を参照）。

ここで注意したいのは、九鬼が押韻を指摘した引用例の中には、作者はまったく押韻を意図していなかったのではないかと思われるものがしばしばみいだせることだ。

たとえば「拡充二重韻」の例として次のような草野心平の詩句が引かれる（四316）。

人肉の歴史も（si-mo）
氷雨の脚も（si-mo）

またたとえば、金子光晴の詩句に長母音の単純韻を指摘する場合（四343）。

虱に似た穀粒をひろふ（ô）
貧乏（ô）

あるいは田中冬二の、

をりからぱたぱたと（ato）
草屋根におりて来た野鳩（ato）

の詩句に二重韻を指摘し（四346―7）、また「拡充単純韻」の例として宮澤賢治の、

いや　ええと（to）
蜜を吸ふのが日永の仕事（to）

の詩句を出す場合（四351）、それはもはや詩人たちがしかけた巧みな韻を探りあてているというよりは、九鬼の「耳」ならばこのような韻を聴くという、ひとつの「読み」の実践となっているといったほうが実相に近いのではないか。

また「韻の形態」を説く際、九鬼は平坦韻（aabb型）、交叉韻（abab型）、抱擁韻（abba型）のそれぞれの例として万葉集をはじめとする日本の古典詩歌を分かち書きの形にして引用する。古典詩歌の作者たちはもちろんヨーロッパ型の韻の形態など知るよしもない。そこに韻の諸形態を聴きとり、各種の韻が響くように分かち書きにしたのは、他ならぬ九鬼の「耳」である。古典歌謡・和歌に多種多様の韻の響き合いを聴き取り（テキスト④の「三日本詩の押韻可能性、積極的理由」）、万葉の長歌を十四行に分かち書きしてソネットと比肩する（同「九韻の形態」）のも同様であり、それらは作品の例示というよりは、言語音への鋭敏が可能にした創造的な「聴き取り」なのである。

そのような「聴き取り」の背景にある意識・感覚の状態を、九鬼自身は次のように表現している。

もとより真に押韻の美を味得するには「とらへたき声ばかり見る葦間かな」といふやうな、音に対する切なる憧憬をもたなければならない。また天体の運行に宇宙の音楽を聴いた霊敏な心耳と、衣ずれの微韻にも人知れず陶酔を投げる尖鋭な感覚とをもたなければならない。（五４２１）

一見するとたんなる美辞に見えなくもないこの言葉の裏面には、「とらへたき声ばかり見る葦間かな」という俳句が示唆する[*12]、言語音に対する常軌を逸した渇望の感覚がある。明確な分節言語の形を取る以前の、いまだ意味をなさない言語音の胎児がざわめき、声にならない声でよびかわしあう状態。それは韻の原基が無数に明滅する海のようなものであり、そこにひとつらなりの言葉が投げこまれれば、たちまちその表面に押韻の紋様を見出してしまわざるを得ないような意識の状態である。[*13]そして見出された紋様を前にして、「意識的か／無意識的か」「偶然か／意図的か」と問うてみても、その問い自体が見出された音の響きあいへの「驚き」に呑みこまれてしまう。

このような状態は記号学的にいえば「シニフィアンの過剰」であり、狂気に近い側面をもっている。手に触れるものすべてが黄金になってしまうミダス王のように、読むもの・聴くものすべてに押韻を発見してしまうような瞬間が九鬼に訪れることがあったのではないだろうか。その一方で、このような言語意識が「おかしみ」や「諧謔」に通じていることは誰しも認めるであろう。もともと九鬼自身が、押韻は単なる遊戯にすぎないとする意見に対して、「仮りに押韻が「語路合《ごろあわせ》」や「地口」に類する遊戯に過ぎないとしても、それ故に無価値のものだと結論することが正しいであらうか。芸術上には遊戯は必ずしも無価値では無い。或る意味で芸術そのものも遊戯である」（四230―1）と反論している。そして「韻の質」を説く中で、「偶然性が極度に達するため滑稽の感情を齎して駄洒落に堕してしまふ」例として「小松内大臣」と「駒繋いだ異人」を、またフランス語で「des japonais」と「déja poney」を並べるとき（四365―6）、九鬼はすました表情の下にあきらかに笑いを隠しながら例を提示している。すでに「偶然の産んだ駄洒落」（昭和十一年、全集第五巻）という、自分の経験した語路合わせを集めた奇妙な短いエッセイが九鬼にあることも忘れてはならない。

また、「音と匂」と題する未発表の文章の前半で九鬼は次のような告白をしている。

私は少年の時に夏の朝、鎌倉八幡宮の庭の蓮の花の開く音をきいたことがあつた。秋の夕、玉川の河原で月見草の花の開く音に耳を傾けたこともあつた。夢のやうな昔の夢のやうな思出でしかない。ほのかな音への憧憬は今の私からも去らない。私は今は偶然性の誕生の音を聞かうとしてゐる。「ピシャリ」とも「ポックリ」とも「ヒョッコリ」とも「ヒョット」とも聞こえる。「フット」と聞こえる時もある。「不図《ふと》」といふのはそこから出たのかも知れない。場合によつては「スルリ」といふやうな音にきこえることもある。偶然性は驚異をそそる。thrillといふのも「スルリ」と関係があるに相違ない。私は嘗て偶然性の誕生を「離接肢の一つが現実性へするりと滑つてくる推移のスピード」といふやうにス音の連続で表はして見たこともある。（五167）

「偶然性の誕生」を表わすために韻を踏むというようなことを考えた——もっともここでは脚韻ではなく頭韻だが——のは、おそらく近代日本の哲学者の中でも九鬼だけであろう。[*14] この告白自体が読者に軽い驚きとある種の「おかしみ」を伝える。「偶然性の音と可能性の匂」という副題をもったこの未発表随筆は、少年の日に聴いた花の開く音の記憶からはじまり、後半は白粉と香水の匂いについてふれたあと、今では秋のしめやかな日に庭の木犀の匂いを書斎で嗅ぐのを好むようになったと語ってしめくくられる。「私はただひとりでしみじみと嗅ぐ。さうすると私は遠い遠いところへ運ばれてしまふ。私が生れたよりももつと遠いところへ。そこではまだ可能が可能のままであつたところへ」(五168)。

鷲田清一は九鬼における「偶然と自由の境地」が最後は「必然と偶然のたわむれを超えて必然性に重心を置いた大団円へと閉じられるという帰趨になっている」と指摘し、「「音と匂」というあの短すぎる随想の前半部にあった饒舌で無意味な駄洒落の遊戯は、後半に入ってあの閑かで美しい「しみじみ」とした回想のうちに吸い込まれていったのであった」[*15]と述べる。だがいま引用した「音と匂」の前半部は「饒舌で無意味な駄洒落の遊戯」だけで片づけられるものではなく、本来なら聞こえるはずのないものを言語音で捉えようとした人間の、狂気と遊戯の両方に境を接する「真剣なおかしみ」とでも呼ぶほかないものが漂っていると思う。

6

九鬼みずからが論の冒頭に「不妊の呪ひ」を負っていると記した日本語詩の押韻は、さきにふれたように、動機と技法の両面で九鬼からの影響を否定する「マチネ・ポエティク」の諸作品へと後続された。両者は別個に開始されたものであるにもかかわらず、三好達治は後者を批判する際に前者も一刀両断した。

〔九鬼〕博士の説は浅薄な瀰縫説でその試作は一顧に價しない手芸品だつたかと記憶する。それに較べると、此たびのマチネ・ポエティク作品集は、格段の苦心の跡歴然たるものがあり、意図の発足点を全く異にしてゐるのを見る。しかしながらその後者の象徴詩は詩技の上で成功を示さず、その押韻効果は前者と等しく全く失敗に帰した。私はまづかう見るのである。さうして邦語現代詩に於ける押韻（専ら脚韻）は、他の何人がたち替つてこれを試みても、絶対に成功の可能性の見込のないことを信ずるものである。この一点では、私は絶対に悲観論者絶望派だ。[*16]

「絶対に成功の可能性の見込のない」という場合、では何をもって「成功」とするのかということを前提として考えなければならない。「日本詩の押韻」から六〇年以上経過した現在、「押韻効果」をもった日本語が身の回りに満ちあふれているのは事実である。

現代詩の世界では、「定型論争」以降に押韻定型詩を集める同人誌『中庭』が創刊され、多くの作者の手になる作品がすでに二度までも選集として刊行されている。[*17] その質と量はかつての三好達治の断言を覆すに足るものであると思われる。詩集としてあらわれずとも、同人誌や個人誌のレベルで、あるいはもっとひそやかな場所で押韻を試みている詩人たちはあんがい多いのではないだろうか。

書かれ、黙読される現代詩の世界から眼を転ずれば、現代日本語の押韻行為として無視しえないものに日本語によるラップミュージックの世界がある。米国ヒップホップ文化の輸入とともに開始された日本語ラップはすでに二〇年以上の歴史をもっており、『新体詩抄』から『中庭詩集』までの近現代詩とはほとんど関係のない場所で、日本語押韻の膨大な実験と実践がなされている。日本語ラップにおいては脚韻と頭韻の区別はあまり意味をもたず、すべての押韻を「ライム」「ライミング」というカタカナ語で呼び、もうひとつの重要な要素である「フロウ」flowとの交渉の中でいかに効果的に韻が響くかが模索される。[*18] この模索の中で蓄積された経験はおそらく、現代日本語で詩を書くことについて多くの面で示唆を与えるのではないかと想像される。

日本語ラップが徐々に認知されるに伴って、歌詞をメロディに載せたふつうの歌、さまざまな場所で耳にするいわゆる「Jポップ」の類にも、押韻をはっきりと意識した歌詞が増えたように感じる。歌詞に音韻上の工夫がなされることは何も現代に限ったことではないが、デジタル式の小型音楽再生装置によって日夜浴びるがごとくに音楽にふれ、頻繁にカラオケで「うた」を出力する若い世代に、これまでとはちがう「耳」が育っても不思議はない。

音楽から眼を転じても、日夜流され続けるテレビコマーシャルのキャッチコピーの類にいかに押韻されたものが多いかは、少し注意すれば誰しも気づくことである。

要するに、日本語の押韻は生きた現象としてすでに存在しており、その「効果」を疑うことにはあまり意味がない。残るのは、それを「詩」として認めるか否かという問題である。日本語詩における押韻の妥当性いかんは、究極的には何を「詩」と感じるかによって左右される。ここから先は時代と教育環境の問題、そして特に原因を特定できない個人的な嗜好の領域となるだろう。作品例として俗謡や今様などの歌謡を積極的に引用し、「私は端唄や小唄を聞くと全人格を根柢から震撼するとでもいふやうな迫力を感じることが多い」（五170）と告白する九鬼は、ヴァレリーや万葉集のみを「詩」としたわけではない。もし現代の日本語ラップやポップソングの押韻を聴いても、それを諒としたのではないだろうか。

日本では短歌・俳句がもっぱら「定型」を担っているせいか、自由詩に定型を導入しようとする言説のほうに日本語の可変性を説く姿勢が現れる。九鬼は「言霊のさきはふ国」と言い、外来語を排撃しながらも、「一国語の音声学的性格などといふものは動きが取れないほど固定的なものではない」（四295）と記している。[*19] 弁明の文脈の中にはさまれたさりげない一文であるが、ここには西欧文芸の輸入から出発した日本の近現代詩がはらむ本質的な不安定さが前提されていると同時に、九鬼自身の意図を越えて現在でも生き続ける「詩」への姿勢を読み取ることができる。「日本詩の押韻」という「危機の詩学」は、また同時に「希望の詩学」である面をたしかに有している。

＊1 飯島耕一「定型詩論議、この一年」『定型論争』風媒社、一九九一年、一九一頁（初出は『現代詩手帖』一九九〇年十二月号）。ただし引用した語句はもともと、詩に定型を求める議論は「いつでも回帰してくる」という松浦寿輝の発言に対して、「四十年に一度しか回帰はしなかった」と飯島氏が反論する文脈で使われている。

＊2 飯島耕一は新しい定型詩を期待する文脈の中で次のように述べている。「日本中で五人か十人の十代半ばが、たとえば九鬼周造の『日本詩の押韻』を読むという可能性があればいい。いまにいたるまで九鬼の論文は説得性と有効性を持っている」（「わが「定型詩」の弁」『定型論争』一〇一頁。初出は『現代詩手帖』一九九〇年四月号）。また定型論争と同時期に出版された梅本健三『詩法の復権　現代日本語韻律の可能性』（西田書店、一九八九年）は次のように述べる。「萩原朔太郎が主としてリズムについて熱心に論じて倦まなかったように、脚韻を論じて倦まなかった人に九鬼周造がある。その「日本詩の押韻」が、いわば言語類型論的立場に立って、行き届いたものであることは疑う余地がない。論の構成の堅固さ、展開の手順の遺漏の無さは、真似のできないものだと思う。引例の豊富さと、論点への配分の周到な目配りのきいた妥当さも、学識に乏しい私のような読者は、驚嘆するばかりである。ただ極めて残念なことには、九鬼周造はリズムに関してほとんど

触れようとしていない。むろん意図的にそうしたものであると思われる」(一八八頁)。

＊3 「10 偶然」の章の (二) の「偶然と文学の形式」が押韻論にあたる。内容としては「日本詩の押韻」とほぼ重なるが、「偶然」の下位項目となっていることで、九鬼哲学の中での押韻論の位置づけを知ることができる。

＊4 以下、全集からの引用は引用部の後にカッコに入れて漢数字で巻数を、算用数字で頁数を記すことによって示す。引用に際しては正字体の漢字は現行の字体に改めた。

＊5 ただし、次に註する坂部恵の指摘と関連することであるが、引用部に該当する箇所をパリで書かれた準備稿「「いき」の本質」に探してみると、準備稿においては「東洋文化」「大和民族」の語を欠いており、決定稿ほど「民族性」を強調していないことがわかる。

＊6 坂部恵『不在の歌 九鬼周造の世界』TBSブリタニカ、一九九〇年、一九九―二〇〇頁。坂部氏によれば、『「いき」の構造』準備稿である「「いき」の本質」、また雑誌『思想』に掲載 (昭和五年一月・二月) された「「いき」の構造」にあっては、必ずしも「いき」という概念を民族主義的見地からのみ理解が可能なものと捉えておらず、「あくまで異文化との開かれた二元的な緊張関係ないし独立の二元の邂逅の関係のうちにおいて捉え、その移出ないし移植の可能性について、さらにはその逆輸入の可能性についてすら、積極的に語るのにたいして、決定稿は、もはやその二元的な緊張を大幅に失って、むしろ (ショーヴィニズムといわぬまでも、それへの耐性のきわめて低い) 閉鎖的な文化特殊主義ないし単なる文化的ナショナリズムへの傾斜をあきらかに見せるのである」(同書一〇二頁) と述べる。そしてこのような変化がやってくる時期に関しては、帰朝 (一九二九年初頭)、『思想』への発表 (一九三〇年一月・二月)、決定稿の単行本刊行 (一九三〇年十一月) という経過から推測して、「帰朝後一年を経たのちに来るほんの数ヶ月の間に、周造の内面にはらまれた自文化と異文化の独立の二元の間の内的緊張、ないし真に開かれた文化多元主義の思考は、急速に失われ、

むしろ閉鎖的な文化特殊主義ないし文化ナショナリズムへの傾きを強めて行ったものと推測される」（一〇三頁）と述べられている。

＊7 引用箇所は、テキスト④においては「「言霊のさきはふ国」ということが、世界にむかって聊かの欺瞞なく云はれ得るのである。詩は日本性と共に世界性に於て自覚しなければだめである」（四449）と改訂されている。④ではこのように「日本」と「世界」を対にして強調するような改変が多く見られる。

＊8 坪井秀人『声の祝祭』名古屋大学出版会、一九九七年、十一頁。

＊9 同書、十二―十三頁。

＊10 『近代詩歌論集』（日本近代文学大系五九、角川書店、一九七三年）一七〇頁。

＊11 中村真一郎「「日本詩の押韻」とマチネ・ポエチック」九鬼周造全集月報6（第五巻）、一―二頁。

＊12 講義ノート「文学概論」ではこの俳句を芭蕉のものとしている（十一120）が、芭蕉に該当するものはなく、作者・出典については未詳である。

＊13 未発表随筆「かれひの贈物」の中には「偶然などといふ奴は「尖鋭の精神」の権化みたやうなもので、よつぽど精神をほそくとんがらかさないでは捉へにくい代物だ」という文がある（五200）。ここでいう「尖鋭《フイネス》の精神《エスプリ》」と、「衣ずれの微韻にも人知れず陶酔を投げる尖鋭な感覚」というのはほぼ同じものを指していると見てよいだろう。

＊14 「離接肢の一つが現実性へするりと滑つてくる推移のスピード」という語句は「哲学私見」（『人間と実存』所収）に見える。全集第三巻、一二〇頁。

＊15 鷲田清一「思考の調性について――九鬼周造の「哲学的図案」」（坂部恵・藤田正勝・鷲田清一編『九鬼周造の世界』ミネルヴァ書房、二〇〇二年、所収）三九頁。

＊16　『三好達治全集』第四巻、筑摩書房、一九六五年、一四〇頁。なお引用に際して漢字表記を私意で改めた箇所がある。

＊17　日本定型詩協会『中庭詩集』思潮社、一九九五年。また中庭の会『中庭詩歌集』創風社、二〇〇四年。

＊18　フロウは「歌いまわし」とか「抑揚」と説明されるときもあるが、多面的な要素を含みこんだ言葉で説明のしにくい概念である。ラップではライムとフロウを同程度に重視する。

＊19　藤井貞和は平山輝男のアクセント分布図を手がかりに「無アクセント」あるいは「自由アクセント」が日本語の基層であったと推測し、「言語もまた自由に、アクセントの束縛を離れることに何のためらいがあろう」と述べる（『自由詩学』思潮社、二〇〇二年、五三頁）。これはほぼここで九鬼が言ったことと重なるように思われる。

九鬼周造「日本詩の押韻」（全集第四巻『文藝論』所収版）引用作品・作者一覧

＊（）の中の数字は九鬼周造全集第四巻の頁を示す。引用が頁をまたぐ場合はハイフン-をもって示す。

引用形態は作品全体の場合もあれば部分的な場合もあるが、その区別はしなかった。頁数のあとに付した小数字はその頁における同一作品・作者の複数回引用を示す。たとえば２８７$_2$とあれば、同一作品もしくは同一の作者が二八七頁に二回、あるいは和歌・俳句などの場合は二首・二句引用されているということである。

この一覧は出典考証を経たものではない。「日本詩の押韻」に引用された文芸作品の範囲の概略を示すことが目的である。

◎日本古典

古事記（２５１、２６７、３３９、３７４、３９０、４３１、４３３$_2$）

仁徳紀（２６４、３０６）

斎明紀（２５２）

応神紀（258）
神功皇后紀（318）
万葉・人麻呂（252、253、254、258—9、261、264[3]、267[2]、299、331、332、366、376、383、398、422—3、428[2]、446）
万葉・家持（264、268[2]、309、313、321、350、366、378、429）
万葉・高橋蟲麻呂（252、311、428）
万葉・憶良（310、372、380、425）
万葉・赤人（252、268、332、363）
万葉・大伴坂上郎女（310、398）
万葉・車持氏娘子（360、424）
万葉・大伴三中（255）
万葉・車持千年（314）
万葉・笠金村（321）
万葉・その他〔読人不知・雑歌などとして引かれるもの〕（229、230、254、255、259[3]、268、315、359、432、432—3、434[2]）
古今・貫之（253、288、303、354、448）
古今・読人不知（341）
古今・在原行平（254）
古今・躬恒（254）

新古今・俊成（322、359）
新古今・良経（253）
新古今・家隆（288）
新古今・小野小町（309）
新古今・式子内親王（360）
新古今・宮内卿（361）
藤原定家（278$_{4}$、318$_{4}$、332、366—7$_{2}$）
家隆・壬二集（350）
寂然（314）
源順（322）
小野小町〔?〕（376）
俗謡（255—6、264—5$_{4}$、270—1$_{6}$、276—7、277$_{2}$、315$_{2}$、346、354、358、360、362、363、378、381、383）
梁塵秘抄（269、275、436—8$_{9}$）
京歌（340）
太平記（255）
催馬楽・老鼠（260）
豆風曲（334—5）
郢曲譜（435）

佐渡おけさ（340—1）
空也上人和讃（407）
伝菅原道真・今様（434）
平家物語・今様（435）
義経記・今様（435）
芭蕉（228、253、255、264[3]、269—70[6]、287[2]、306、346、356、362）
支考（279—80、334[2]）
也有（281、334）
策彦他・漢和聯句（278—9）
乙由他・連句（282）
壷峯他・連句（282）
鹿安道（281）
橘曙覧（307）
渡白狂（371—2）
奥義抄からの引用歌（285、345、430[2]）
歌経標式からの引用歌（272、273[2]、274[3]、286、333[4]、371）
梵讃（445）
漢讃（445）

◎日本近代詩

岩野泡鳴（２２８－９、３１７、３４３、３５２、３５３、３５４、３６１、３７９、３８６、３８６－７、３８７－８）
森鷗外（３１５、３１６、３４４、３５６、３６２、３８１、３８５、３８６、３９０）
正岡子規（３３７－８、３４４、３５６^{2}、３８３－４、３８８、３９７、４０３）
与謝野晶子（３１０、３５７－８、３６１、４００^{2}、４０１、４２１）
島崎藤村（２９９－３００、３０９、３１５、３４６、３７２）
北原白秋（３０４、３５７、３７６、３９１）
西条八十（２４６、３５１、３５８）
金子光晴（２４６、３０８－９、３４３）
佐藤惣之助（２４７、２４９、３５３）
高村光太郎（３０３、３１１、３５７）
生田春月（３１１、３９１、３９９）
河井酔茗（３１４、３６３、３６４）
新体詩鈔（２３７－８、２３８）
川路柳虹（３００、３５８）
蔵原伸二郎（３０３、３６０）
田中冬二（３０８、３４６－７）
三木露風（３１６、３５３）

中西梅花（335、336—7）
佐藤春夫（346、358）
宮澤賢治（351、363）
柴山晴美（248—9）
福田夕咲（288）
白鳥省吾（300）
北川冬彦（301）
三好達治（304）
百田宗治（304—5）
三富朽葉（307）
神原泰（307）
草野心平（316）
室生犀星（343）
山村暮鳥（344）
日夏耿之介（344）
土井晩翠（345）
中野重治（346）
薄田泣菫（351）
今岡弘（351）

萩原恭次郎（352—3）
矢田部尚今（353）
堀口大学（353）
加藤介春（357）
千家元麿（357）
井上康文（359—60）
中原中也（360）
萩原朔太郎（361）
神保光太郎（361）
中西悟堂（362）
高木斐瑳雄（362）
蒲原有明（363）
島田芳文（363）
柳沢健（372）
多田不二（372）
伊東静雄（373）
不明〔九鬼の創作？〕（291）

◎フランス語詩

ボワロー（311、328、330）
ヴェルレーヌ（312、384、401―2）
ヴァレリー（236、419―20）
ユーゴー（311―2、365）
ヴェルハーレン（242―3）
エレディア（293）
ラ・フォンテーヌ（312）
ポンピニャン（377―8）
マラルメ（379―80）
ゴーチエ（382）
グールモン（402）
コクトー（405―6）
ルネ・モブラン（444）

◎英語詩

シェリー（262、396―7）
シェイクスピア（373、414―5）
バイロン（262）

カウリー（329）
ミルトン（416―7）
十四世紀英詩（445―6）

◎ドイツ語詩

ゲーテ（302、375、418―9）
リルケ（302―3）
リュッケルト（330）
ゲオルゲ（370―1）

◎イタリア語詩

ダンテ（292、347―8、369、394―5）
ペトラルカ（349、412―3）
ダンヌンツィオ（292）
タッソオ（404）

◎ラテン語詩

ホラチウス（265、266[4]）
Stabat Mater（316、393）

ボードレール（291）
Lauda Sion（316—7）
Dies irae（392）
プラウツスの喜劇Persaの巻頭の詩（447—8）

◎ギリシャ語詩

エリトゥラエの予言女作句端詩（447）

◎漢詩

詩経（317、373、375、377、381、384、396）
李白（243、408、415—6）
杜甫（367—8、377）
蘇軾（391、409—10）
張先（243—4）
廷芝（379）
張九齢（382）
漢昭帝（395—6）
韓愈（402）
飯牛歌（406）

張衡（407―8）
陸游（410―1）

あとがき

古典であれ近代以降のものであれ、詩歌をいわゆる研究対象として選んだことはない。卒業論文では『正法眼蔵』を読もうとした。後に進学した比較文学比較文化専攻の大学院では、仏教説話に関連した内容で修士論文を提出した。今でも「専門」をたずねられると、「比較文学」と答えたり「仏教文学」と答えたり、はなはだ曖昧で心苦しい思いをする。

一方で、気づくと、日本の近現代の詩や詩人にふれた文章がいくつか手許に残っていた。一貫した主題を追求したわけではなく、そのときどきの内外の事情に応じて散発的に書いてきたものである。なぜ詩かと問われると口ごもってしまう。実はまずしい詩を書いたことはあるが、しかし詩を書く人間がかならずしも詩について書く必要はないから、これは理由にならない。むしろ詩を書くつもりなら詩について書いてはならない、ましてや研究めいたことなどするべきではないという——何の根拠もない——偏屈な思い込みさえ長いあいだ抱いていた。
ここに集められた文章は、ある意味でそのような私的戒律を徹底できなかった結果である。そうした文章は時間の経過とともに消え去るにまかせるのが本当はいちばんよいのかもしれない。それを今になって冊子の形にまとめようとする理由は、最終的にはそれぞれを書くのに費やした時間への個人的な愛惜と、もしかしたらこれらの文章が見知らぬ読み手の眼にふれて、新しい世界をひらく可能性がまだ少しは残っているかもしれないという期待からである。

各章の初出その他について記す。

Ⅰ「コロイド空間の行方　宮澤賢治『春と修羅』瞥見」の初出は『比較文学・文化論集』第十号（一九九四年十一月刊）である。『比較文学・文化論集』は東京大学大学院比較文学比較文化研究室所属の大学院生が編集する同人誌で、現在も精力的に発刊されている。本書収録にあたっては加筆・訂正をおこなった。もともとは大学院の演習授業に提出したレポートが原型である。

Ⅱ「破棄された救済　宮澤賢治「セロ弾きのゴーシュ」試論」の初出は法蔵館より刊行されてい

た『季刊 仏教』第三九号（一九九七年五月刊）である。一九九六年が宮澤賢治の生誕百年にあたり、当時多くの雑誌で特集が組まれていた。初出では生誕百年のブームに言及した箇所があったが、本書収録にあたっては該当箇所を削除し、全体に加筆・修正した。それでも生誕百年時の「肥大した賢治像」に対する反発のようなものが文章全体の姿勢に残っている。筆者はなぜか「銀河鉄道の夜」があまり好きになれず、「セロ弾きのゴーシュ」に愛着を覚えてきた。その理由をなんとか理屈づけようとしたのが最初の執筆動機であった。

Ⅲ「山路と夕映　讃美歌の日本的選択をめぐる覚え書」の初出は『近代日本文化論9 宗教と生活』（岩波書店、一九九九年三月）である。細部を修正し、初出にあった文献案内的な付記を削った。「讃美歌について書いてみないか」という山折哲雄先生のお誘いに無謀にも応じたのがきっかけであったが、讃美歌という連峰を麓からはじめて仰ぎ、その巨大に足のすくんだことが書き手側の最大の収穫であったかもしれない。

Ⅳ「ことばで織られた都市」は、論文の体裁をとらない短文を集めた。「ポール・ヴァレリー／中井久夫訳『若きパルク／魅惑』」の初出は『比較文學研究』第七十号（東大比較文学会、一九九七年八月）、「人を待つ家／詩──立原道造「ヒアシンスハウス」」の初出は京都造形芸術大学比較藝術学研究センター機関誌『Ａｕｂｅ』第一号（淡交社、二〇〇六年十一月）である。ともに加筆・訂正をほどこした。その他の文章は今回が初出である。数年前、某システム会社のサイトを借りて、好きな詩を秩序なく紹介し、それに短文を付する「My Favorite Poetry」と称するホームページを作っていた。更新は五〇回ばかりを数えたのだが、そこに書き散らしたことのいくつかが今回初出の文章の核になっている。

Ｖ「危機の詩学　九鬼周造「日本詩の押韻」覚え書」の初出は、国際日本文化研究センターの共同研究「文学における近代」（一九九六年度〜一九九八年度）の報告書『文学における近代――転換期の諸相――』（井波律子・井上章一編、日文研叢書22、二〇〇一年三月）である。本書に収録するに際して加筆・訂正を行った。もともとは京都大学人文科学研究所研究班「テクストの政治学――一九三〇年代の危機と言説」（代表・上野成利氏）の研究会において二〇〇〇年三月二五日に行った口頭発表「九鬼周造「日本詩の押韻」をめぐって」が原型である。

最後になりましたが、拙い文集の出版を快諾してくださった三元社の石田俊二社長と、煩雑な編集作業を担当してくださった上山純二氏に感謝いたします。またふだんから筆者を励まし、石田氏へ紹介の労をとってくれた畏友・安田敏朗氏がいなければ、この本が形になることはなかったでしょう。あらためて安田氏に感謝いたします。

本書の刊行には勤務先である京都造形芸術大学の特別制作研究費の助成を受けました。選考に当られた各位、とりわけ長い年月にわたって不勉強な筆者に目を掛けて下さった芳賀徹先生、そして比較藝術学研究センター所長・高階秀爾先生にあつく御礼を申し上げます。

二〇〇八年五月

君野隆久

[著者略歴]
君野隆久（きみの・たかひさ）
1962年東京都生まれ。
東京大学大学院総合文化研究科博士課程単位修得退学（比較文学比較文化）
国際日本文化研究センター講師、白鳳女子短期大学助教授を経て、現在、京都造形芸術大学芸術学部准教授。

ことばで織られた都市——近代の詩と詩人たち

発行日　2008年6月30日　初版第1刷発行

著者　君野隆久
発行所　株式会社三元社
〒113-0033 東京都文京区本郷1-28-36鳳明ビル
電話／03-3814-1867　FAX／03-3814-0979
郵便振替／00180-2-119840
印刷+製本　株式会社理想社
コード　ISBN978-4-88303-225-9